Bianca™

Annie West
Prisionera de la pasión

HARLEQUIN™

Editado por HARLEQUIN IBÉRICA, S.A.
Núñez de Balboa, 56
28001 Madrid

© 2013 Annie West
© 2015 Harlequin Ibérica, S.A.
Prisionera de la pasión, n.º 2363 - 28.1.15
Título original: Imprisoned by a Vow
Publicada originalmente por Mills & Boon®, Ltd., Londres.

I.S.B.N.: 978-84-687-5525-0
Depósito legal: M-30879-2014
Editor responsable: Luis Pugni
Impresión en CPI (Barcelona)
Fecha impresion para Argentina: 27.7.15
Distribuidor exclusivo para España: LOGISTA
Distribuidor para México: CODIPLYRSA
Distribuidores para Argentina: Interior, DGP, S.A. Alvarado 2118.
Cap. Fed./Buenos Aires y Gran Buenos Aires, VACCARO HNOS.

Capítulo 1

CASARME con un extraño!

—No te sorprendas tanto, chica. No puedes esperar que te mantenga para siempre.

Leila se tragó la réplica que le abrasaba la garganta. Su padrastro se había llenado los bolsillos gracias a la fortuna que había adquirido al casarse con su madre, pero no merecía la pena contraatacar. Los años le habían enseñado que era mejor no provocar la ira brutal de Gamil. No era el momento de hacerle ver que no había conseguido doblegarla a pesar de lo mucho que lo había intentado.

—Y en cuanto a lo de casarse con un extraño, te casarás con el hombre que yo escoja. Fin de la discusión.

—Claro, padrastro. Lo entiendo.

Se rumoreaba entre los sirvientes que Gamil había puesto sus ojos en otra mujer, y no querría tener que cargar con una hijastra.

—Es muy generoso por tu parte ocuparte de todo esto cuando tienes tantos negocios que atender.

Las cejas de Gamil bajaron. Arrugó los párpados como si detectara el sarcasmo que se escondía detrás de esa fachada aparentemente calma.

Leila se había hecho experta en esconder las emociones: el dolor, el miedo, el aburrimiento, la rabia... sobre todo la rabia. La quemaba por dentro en ese momento, pero la mantuvo a raya. No era el momento.

De repente se dio cuenta de que un matrimonio de conveniencia con un extranjero que se la llevaría muy lejos era la oportunidad por la que tanto había rezado. Hasta ese momento sus intentos de fuga habían dado lugar a una humillación mayor y a restricciones más estrictas. ¿Pero qué iba a hacerle Gamil una vez se hubiera casado?

Era su oportunidad de ser libre. Un escalofrío de emoción le recorrió la espalda y tuvo que hacer un gran esfuerzo para permanecer impasible. Desde ese punto de vista, casarse con un desconocido era algo caído del cielo.

—Pero no es de recibo que te vea de esta manera.

Gamil gesticuló. Señaló sus brazos y sus piernas descubiertas, sus nuevos zapatos de tacón alto y el delicado vestido de seda que había encargado en París.

Aunque no tuviera un espejo delante, Leila sabía que estaba mejor que nunca. La habían bañado con esmero, le habían untado aceites en el cuerpo, le habían hecho la manicura y había sido maquillada por los mejores estilistas.

Era la virgen que Gamil iba a sacrificar por ambición. La habían preparado para obtener el visto bueno de un extraño.

Leila se mordió el labio para soportar el latigazo de la ira. Ya hacía mucho tiempo que había aprendido la lección. La vida no era justa, y si ese plan absurdo era una vía de escape...

–Pero es lo que él espera. Puede permitirse lo mejor, sobre todo en lo que se refiere a las mujeres.

Gamil era el mejor cuando se trataba de ver a las mujeres como mercancía. Era un misógino de pura cepa, un controlador patológico que se regodeaba en su propio poder.

Los fríos ojos de su padrastro la atravesaron. Había odio en ellos. Algún día se libraría de ese monstruo, pero hasta ese momento tenía que hacer cualquier cosa por sobrevivir.

–No harás nada que pueda decepcionarle. ¿Me has entendido?

–Claro que no.

–¡Y cuidado con esa lengua! Ahórrate todos tus comentarios de chica lista. Guarda silencio hasta que te hagan una pregunta directa.

Gamil no tendría que haberse preocupado tanto. Leila no dijo nada cuando Joss Carmody entró en el salón. Sin embargo, la respiración sí se le cortó cuando vio ese rostro tosco. Sus rasgos faciales estaban curtidos por los años. No había más que ángulos y bordes abruptos, líneas duras y surcos profundos. Su pelo era de color negro azabache. Se había peinado hacia atrás, pero el cabello se le curvaba en la nuca. Aquel hombre parecía un salvaje rebelde al que habían domesticado temporalmente. Sin embargo, cuando Leila le miró a los ojos no vio más que angustia e inseguridad en ellos.

Él la observaba también. Estaba en alerta.

Los ojos de Joss Carmody eran azules y oscuros, como el cielo en el desierto justo antes de que empiecen a brillar las primeras estrellas. Su mirada la atravesaba y Leila sentía una curiosa sensación en el pecho, un cosquilleo incesante. El pulso se le aceleró cuando se puso en pie. Estaba aturdida, embelesada.

Fuera lo que fuera lo que esperaba, no era lo que tenía delante.

Un momento después él se volvió para seguir hablando de negocios con Gamil. Petróleo... Estaban hablando de petróleo, como no podía ser de otra manera. ¿Por qué si no iba a atravesar medio mundo un magnate australiano para casarse con ella? Las tierras que iba a heredar contenían las reservas de petróleo más grandes de la zona, aún sin explotar.

Joss Carmody tomó asiento. En la mano tenía una taza de café. Su presencia dominaba la estancia, pero su indiferencia absoluta resultaba exasperante. Leila se sorprendió. Después de haber pasado tantos años sometida al régimen brutal de su padrastro, el desprecio del extranjero debería haberle dado igual.

¿Por qué le molestaba tanto que la ignorara un desconocido? Debía sentirse aliviada al ver que no se tomaba un interés personal en ella. No podría haber seguido adelante si la hubiera mirado como Gamil había mirado a su madre en una ocasión, con ambición y afán de control, como si fuera un objeto en su posesión.

Joss Carmody, en cambio, no la veía. Solo veía

unas tierras áridas repletas de petróleo. Estaba a salvo con él.

Joss se volvió hacia la mujer silenciosa que tenía delante. Sus ojos de color verde grisáceo le habían sorprendido a su llegada. Había visto inteligencia y curiosidad en ellos, y también desaprobación... La idea le intrigaba.

En ese momento la joven mantenía la vista baja, clavada en la taza que tenía en las manos. Era la viva imagen de la modestia de oriente combinada con la sofisticación y la elegancia occidentales.

Clase. Tenía mucha clase.

No hacía falta fijarse en el opulento colgante de perlas negras que llevaba puesto, ni tampoco en el brazalete a juego, para saber que estaba acostumbrada al lujo. Exhibía las joyas con un aire informal e indiferente que solo tenían aquellos que habían disfrutado de toda una vida de privilegios.

Durante una fracción de segundo, Joss sintió algo parecido a la envidia. La observó con atención. Parecía adecuada. Era dueña de enormes pozos de petróleo y eso era lo que importaba. De hecho era la única razón por la que Joss contemplaba la idea de casarse. Esa era la puerta que le daba acceso a un gran proyecto empresarial. Además, también aportaba una jugosa cartera de contactos.

—Me gustaría conocer mejor a su hija —le dijo a Gamil—. A solas.

Los ojos de Gamil emitieron un destello. ¿Era miedo o desconfianza? De repente asintió con la cabeza y se marchó, no sin dedicarle una última mirada de advertencia a Leila.

—No ha dicho nada desde que llegó. ¿No tiene interés en los pozos de petróleo que son de su propiedad? —le preguntó a Leila.

Unos ojos fríos y claros como el agua de un arroyo en medio de las montañas se volvieron hacia él.

—No vi que tuviera nada que añadir.

Su inglés era impecable. Solo tenía un sutil acento que resultaba curiosamente seductor.

—Usted y mi padrastro estaban enfrascados en los planes de negocios —su sonrisa encantadora no le llegaba a los ojos.

—¿No está de acuerdo?

Ella se encogió de hombros. Él la observaba, intrigado. La seda moldeaba su figura delicada y femenina. Su futura esposa tenía unas curvas exquisitas, a pesar de la fragilidad de sus muñecas y su cuello. El enlace matrimonial era una parte necesaria del trato. Sin embargo, no había esperado sentir más que curiosidad por ella.

—Los pozos de petróleo van a ser explotados. Usted tiene los recursos para hacerlo y mi padrastro está al tanto de todos los negocios familiares.

Joss entendió rápidamente sus palabras. Alguien como ella no se molestaba en saber de dónde provenía su riqueza. ¿Por qué no le sorprendía? Había conocido a muchas como ella; chicas privilegiadas y consentidas, dispuestas a vivir del trabajo de otros.

—¿Usted no trabaja en el sector? ¿No se toma un interés personal en su propio patrimonio?

Una chispa momentánea iluminó su mirada y entonces sus labios esbozaron otra de esas sonrisas insinuadas de Madonna. Se inclinó hacia delante y dejó la taza sobre la mesa de alabastro.

Joss notó que algo vibraba bajo esa apariencia de calma total. Era algo primario que espesaba el aire y cargaba la atmósfera.

Ella extendió sus manos perfectas.

—Mi padrastro se ocupa de todo.

Joss guardó silencio. Había algo que no encajaba en su expresión. Tal vez era la mueca de sus labios... El gesto desapareció tan rápido como había aparecido y Joss se quedó con la duda. Quizás lo había imaginado, pero él no era dado a las fantasías. Tras haber pasado toda una vida en la mina, no estaba acostumbrado a tratar con mujeres delicadas, salvo a un nivel primario.

—¿Espera que su marido se ocupe de los negocios mientras usted disfruta de sus beneficios?

Leila miró hacia la puerta por la que había salido Gamil.

—Discúlpeme. A lo mejor he sacado una conclusión precipitada. Creía que deseaba que me mantuviera en silencio mientras tomaba las decisiones importantes. ¿Desea que participe? —le preguntó, arqueando las cejas.

Por primera vez en más de una década, Joss tuvo la impresión de no saber qué terreno estaba pisando.

—Si cuenta con experiencia en la materia, me gustaría oír su opinión.

Las palabras no eran más que un mero formalismo. A Joss le gustaba trabajar sin ayuda. Solo había sitio para un único comandante en su imperio.

–Y sobra decir que su vínculo con personalidades importantes de la región es de un gran valor.

–Claro –dijo ella. La expresión de sus ojos era de absoluta indiferencia–. Pero me temo que no tengo experiencia en petroquímicos.

–¿Cuál es su experiencia entonces?

Leila volvió a mirar hacia la puerta.

–No creo que tenga nada que ver con su especialidad. Mis conocimientos se limitan al ámbito doméstico –dijo, alisándose el vestido.

–¿Compras y cosas así? –le preguntó Joss. No sabía por qué le estaba haciendo tantas preguntas.

Por alguna extraña razón quería atravesar ese escudo de compostura tras el que se había parapetado. ¿Por qué sentía la necesidad de entenderla?

Porque iba a convertirse en su esposa... Después de treinta y dos años iba a casarse por fin, aunque solo fuera por intereses empresariales.

–¿Cómo ha sabido que me gusta comprar? –le preguntó ella, tocando las perlas de su brazalete.

–Siempre y cuando no se quede con la impresión de que busco a alguien que me domestique...

Leila abrió los ojos y se echó a reír de repente.

Domesticar a Joss Carmody... ¿Quién en su sano juicio aceptaba un reto como ese? Era un hombre grande, un tipo duro, curtido en mil batallas.

No tenía nada que ver con Gamil. Sin embargo, esos ojos calculadores, el autocontrol casi sobrehumano y un ego monumental auguraban unas cuantas similitudes. Joss Carmody no tenía una cara más amable.

–No se preocupe tanto –dijo Leila rápidamente–. La idea no se me había pasado por la cabeza.

–¿Está segura?

Leila supuso que se vería a sí mismo como un gran partido. Con su aspecto y su indecente fortuna las mujeres debían de arrojarse a sus pies todos los días. Sin embargo, seguramente no era la única capaz de ver lo que realmente era: un animal peligroso e indomable.

–Por muy sorprendente que parezca, sí que lo estoy –Leila oyó el afilado tono de provocación que tenía sus propias palabras.

La expresión de Joss Carmody le dejaba claro que él también lo había percibido.

–Entonces, ¿qué es lo que imaginaba, Leila?

Su voz bajó media octava de repente. Dijo su nombre despacio, saboreándolo.

Leila sintió que el vello de los brazos se le ponía de punta. Ningún hombre había pronunciado su nombre de esa manera. Era un desafío y una invitación al mismo tiempo.

Parpadeó rápidamente. Gamil debía de estar agazapado detrás de la puerta.

–Pensaba que estaba interesado en mi herencia –le dijo, sosteniéndole la mirada.

Él asintió con brusquedad unos segundos después.

–No busco un heredero y no tengo interés en jugar a la familia feliz. No quiero una esposa que dependa de mí sentimentalmente y me exija cosas.

–Claro que no.

–Entonces dígame, Leila... –se acercó más. Su voz era un susurro profundo que le acariciaba la piel–. ¿Por qué quiere casarse conmigo?

Leila se quedó en blanco un momento. Era hipnótico ver cómo formaban su nombre esos labios firmes. Respiró profundamente y su mente se puso en marcha de nuevo.

«Dile lo que espera oír y cierra el acuerdo».

–Por lo que puede darme.

Él hizo un gesto de aprobación con la cabeza casi imperceptible.

–Para ver el mundo y vivir la vida de la esposa de un millonario. Bakhara es mi tierra natal, pero es... limitada –una risotada amenazaba con escapar de sus labios en cualquier momento, así que se mordió el cachete por dentro para ahogar ese momento de debilidad–. Si me caso con usted, mi vida cambiará para siempre.

Joss Carmody la observó con unos ojos tan oscuros como el océano más profundo. Leila fue capaz de ver el momento exacto en que tomaba la decisión. Frunció los labios y sus ojos emitieron un destello de aprobación.

Carmody sabía lo que quería. Quería una esposa que no se convirtiera en una carga, una mujer que se casara con él por su riqueza y prestigio, que se dedicara a las compras mientras él hacía lo que más le interesaba: ganar más millones.

El dinero era lo que le movía. Nada más.

¿Pero qué podría hacer si se enteraba de que solo era una vía de escape para ella?

–¡Llega tarde!

Gamil caminaba por el patio. Sus pisadas maltrataban el césped de la piscina y los delicados azulejos que los ancestros de Leila habían colocado con tanto cuidado.

—¿Qué le has dicho? —se dio la vuelta bruscamente, escupiéndola en la mejilla al hablar—. Tuviste que ser tú. Todo lo demás estaba arreglado. No tiene por qué echarse atrás a menos que hayas sembrado la duda en su cabeza.

El rostro furioso de Gamil llenó todo el campo visual de Leila, pero esta se mantuvo firme. No era buena idea retirarse cuando estaba tan colérico.

—Ya has oído todo lo que ha pasado entre nosotros.

En realidad había oído demasiado. La temeridad de reírse ante Joss Carmody le había costado semanas de castigo a pan y agua. Afortunadamente, no obstante, le habían aumentado la ración diaria esa semana para que no fuera a desmayarse mientras pronunciaba los votos matrimoniales.

—Sí —la ira oscurecía el rostro de Gamil. Se inclinó hacia delante. Su aliento rancio le quemaba la cara—. ¡Te oí con tus juegos de palabras! Evidentemente, eso fue suficiente para que se lo pensara mejor. Y ahora... —Gamil apretó los dientes y se dio la vuelta—. ¿Cómo voy a mantener la cabeza alta si un hombre así te rechaza? ¡Piensa en lo que eso significará para mi reputación, para mis aspiraciones en la corte! Tengo planes...

Caminó hacia el otro lado del patio, murmurando cosas. Abría y cerraba los puños como si quisiera estrangular a alguien.

Su padrastro casi nunca recurría a la violencia física. Prefería métodos más sutiles. Pero Leila sabía que no estaría a salvo si se veía acorralado. Apretó las manos. Deseó que Joss Carmody abriera las puertas de par en par en ese momento e irrumpiera en el patio. Nunca había sido tan esperado un novio en una boda. El miedo la atenazaba por dentro. ¿Acaso tenía razón Gamil? ¿El australiano se había echado atrás? ¿Qué pasaría entonces con sus planes de independencia, con la vida con la que siempre había soñado?

Leila trató de respirar profundamente. Aún había tiempo, aunque llegara una hora y media tarde. Los invitados, que ya empezaban a cuchichear, habían sido conducidos al salón para tomar un refrigerio. En el patio hacía un calor asfixiante.

Leila se puso erguida. No quería admitir la derrota. ¿Cuántos años más podría aguantar? Ese último castigo de aislamiento total casi la había matado.

Gamil había acabado con su madre. Había destruido su optimismo y su amor por la vida. Leila la había visto cambiar. Su madre, una mujer hermosa y extrovertida, interesada en todos y en todo, se había convertido en un fantasma esclavizado que salía de entre las sombras. Había perdido las ganas de vivir mucho antes de que llegara la enfermedad.

A pesar de las finas sedas que llevaba, a pesar de los sofisticados tatuajes de henna que llevaba en las manos y en los pies, Leila no era una princesa consentida, sino una prisionera a la que retenían en contra de su voluntad.

Si Joss Carmody no aparecía, no iba a tener otra

oportunidad de respirar aire fresco hasta que cumpliera veinticinco años, pero para eso aún faltaba un año y cuatro meses.

–¿Qué haces aquí fuera con este calor?

Una voz profunda interrumpió sus pensamientos. El shock la golpeó en el abdomen.

Allí estaba Joss Carmody.

Leila abrió los ojos y no pudo evitar sonreír. Era la primera sonrisa auténtica que esbozaba en muchos años. Los músculos faciales se estiraban, dolían. La sensación era muy rara en ese mundo de emociones contenidas.

Joss se detuvo, sorprendido ante esa extraña combinación de fragilidad y compostura. Parecía más delgada que nunca y tenía la mandíbula más pronunciada. Cuando levantó la mano, las pulseras rígidas que llevaba tintinearon. Abrió los ojos. Sus pupilas estaban completamente dilatadas, más grises que nunca.

De repente sonrió. No era una sonrisa pequeña, como la que le había regalado unas semanas antes, sino una sonrisa de alegría que le atrapaba. Embelesado, Joss la observó durante unos segundos. Un aroma intenso a rosas le embriagaba. La mujer que tenía delante, ataviada con las prendas nupciales tradicionales, parecía tan distinta a la joven avispada y sarcástica que le había intrigado semanas antes...

–Te estaba esperando –no había rencor alguno en su voz, pero su mirada le atravesaba como si esperara una explicación.

Joss notó un extraño calor en la piel. ¿Era culpa lo que sentía?

Gamil no se atrevió a expresar queja alguna. Al igual que el resto de la gente, sabía que él vivía según sus propias reglas y que solo hacía lo que más le convenía.

Los negocios eran lo primero para él y esa mañana había tenido que atender unas cuantas llamadas urgentes que no podían esperar. Una boda, en cambio, sí podía retrasarse.

Al ver la expresión de ella, no obstante, Joss sintió que la había decepcionado. Era una sensación extraña, algo que no sentía desde hacía muchos años y que evocaba viejos recuerdos de la infancia. Por aquel entonces nada de lo que hacía estaba a la altura de las expectativas de la gente. Su padre, implacable y exigente como nadie, quería que su hijo se convirtiera en un clon de sí mismo. Su madre, en cambio... Con solo pensar en ella sentía un sudor frío por todo el cuerpo.

Dejó a un lado esos recuerdos negros.

—¿Has esperado aquí fuera? —le preguntó—. ¿No podrías haber esperado dentro? Pareces... —se acercó y se fijó en su palidez, en la capa de sudor que le cubría la frente y el labio superior—. No parece que estés bien.

La sonrisa de Leila se desvaneció. Bajó la mirada.

—Mi padrastro lo preparó todo para que la ceremonia tuviera lugar aquí —señaló la cubierta de seda.

Joss miró a su alrededor. Había maceteros con rosas, mobiliario de exteriores bañado en oro, cenefas de flores, alfombras hechas a mano...

–Es evidente que tu padrastro no sabe que menos es más –murmuró Joss.

Una risotada ahogada llamó la atención de Leila, pero no tuvo tiempo de decir nada porque su padrastro acababa de darle una orden brusca. Echó a andar lentamente, como si no quisiera hacerlo.

Joss les observó mientras hablaban. Gamil le hablaba en un tono autoritario y ella guardaba silencio. La carne se le puso de gallina.

Fue hacia ellos y se situó junto a su prometida. Por algún extraño motivo, el placer que sentía tras haber cerrado con éxito un acuerdo de negocios esa mañana se había desvanecido por completo.

La boda tocaba a su fin tras una corta ceremonia. Los regalos habían sido abundantes y caros y el festín opíparo. Leila, sin embargo, apenas había probado bocado. Después de llevar tanto tiempo a pan y agua, se mareaba con solo oler la comida. Además, la habitación le daba vueltas si se movía demasiado deprisa. Había hecho tanto esfuerzo para reprimir la alegría...

Muy pronto estaría fuera de la casa de su padrastro para siempre. Iba a convertirse en la esposa de un hombre que no la maltrataría. Él se la llevaría de allí y por fin podría tener la vida con la que había soñado. El único interés de Joss Carmody residía en los pozos de petróleo que había heredado, así que podían negociar un acuerdo beneficioso para ambas partes. Podían vivir en casas independientes y terminar con un divorcio discreto. Él se quedaría con las tierras y ella sería libre por fin para...

–Leila.

Su voz profunda la envolvió desde atrás y la hizo darse la vuelta. Él la observaba con unos ojos intensos y le ofrecía un enorme copón.

Leila bebió con obediencia, aguantando las ganas de toser. Era un brebaje tradicional muy fuerte, una poción diseñada para estimular los sentidos y aumentar la libido.

Joss levantó la copa y bebió un trago generoso. La multitud rugió. Cuando volvió a mirarla de nuevo, algo había cambiado en su mirada. Leila sintió una llamarada que avanzaba por debajo de su piel. Era como si él la acariciara, en la mejilla, en el cuello, en los labios.

Algo brilló en los ojos de Joss. Era especulación.

Leila se echó hacia atrás con brusquedad. Extendió los dedos sobre los brazos de la silla y se preparó para la ansiedad que sin duda estaba por venir.

–Eres una novia preciosa, Leila –las palabras eran un mero convencionalismo, pero el calor que inundaba su mirada era auténtico.

–Gracias. Tú también eres un novio muy atractivo.

Joss esbozó una sonrisa y un momento después se estaba riendo.

–¡Vaya cumplido! ¡Gracias, esposa!

Leila sintió un repentino remolino de emociones. No sabía si era su risa, o su mirada intensa, que la acariciaba como unos guantes de terciopelo.

De pronto el matrimonio dejó de parecerle una

cosa sencilla. Había pasado tanto tiempo preocupándose por escapar... A lo mejor él tenía otros planes para después de la boda.

Leila se estremeció. Por primera vez fue consciente de que Joss Carmody podía ser peligroso de una forma que jamás había imaginado.

Capítulo 2

HA HABIDO un cambio de planes –dijo Joss en cuanto la limusina arrancó–. Vamos directamente al aeropuerto. Tengo que irme a Londres.

Se volvió hacia su esposa. Sorprendentemente, ella mantenía la vista fija en la nuca del conductor. No se despidió de los invitados que se agolpaban alrededor del coche, y ni siquiera levantó la mano para decirle adiós a su padrastro.

Un pañuelo le tapaba casi toda la cara y Joss solo veía su delicada nariz.

–¿Leila? ¿Me has oído?

Tenía las manos entrelazadas sobre su regazo. Sus nudillos estaban blancos.

–Leila, mírame.

Ella se volvió de inmediato. Tenía la mirada perdida, desencajada.

–¿Qué sucede, Leila? ¿Te encuentras mal?

–No –dijo ella–. Yo nunca me enfermo –añadió, esbozando media sonrisa.

Joss guardó silencio. Algo no iba bien.

–¿Quieres que pare el coche? Podemos volver y...

–¡No! –gritó ella de repente–. No –repitió en un tono más suave–. No es necesario. Solo... vámonos.

Joss la miró fijamente. ¿Era una súplica lo que había en su tono de voz?

–Como quieras –Joss se inclinó hacia delante y abrió el minibar de la limusina. Sacó una botella de agua y se la dio.

Ella aceptó el agua, pero no hizo ademán de beber.

–Bebe –le ordenó él–. A no ser que prefieras que llame al médico.

Ella levantó la botella y bebió automáticamente. Hizo una pausa y bebió de nuevo. El color volvió a sus mejillas paulatinamente.

Joss se dio cuenta de que no había bebido nada durante el banquete, excepto cuando le había dado el copón con el brebaje. Y tampoco había comido.

–Tienes que comer algo –agarró los aperitivos que estaban junto al bar.

–No, por favor –ella sacudió la cabeza–. No tengo hambre. Con el agua es suficiente –bebió un buen sorbo–. Ahora me siento mucho mejor.

Esa vez casi le convenció. Su mirada era directa, clara, y su voz sonaba más fuerte.

–¿Qué has dicho de un cambio de planes?

–No nos vamos a quedar en Bakhara. Me ha surgido algo. Tengo que estar en Londres esta noche.

Podía ir solo, pero acababa de casarse con una mujer de alcurnia, con clase y elegancia, un valor añadido que podía utilizar en su propio beneficio a la hora de hacer negocios.

Además, no veía motivo para sabotear la imagen de pareja feliz que proyectarían a partir de ese momento. Si dejaba a su esposa en la noche de bodas, la noticia podía terminar en las portadas de la prensa rosa.

–¿Londres? ¡Me encanta!

La espontánea sonrisa de Leila le sorprendió. No era la mueca calculada que la había visto hacer ya en varias ocasiones, sino una sonrisa fresca, llena de júbilo.

Joss sintió que el pulso se le aceleraba. No era hermosa. Era extraordinaria. ¿Cómo era posible que no se hubiera dado cuenta hasta ese momento? Su belleza le había parecido fría y elegante en un primer momento, pero en realidad era mucho más que eso. Era exuberante, deslumbrante.

–Me alegra que te entusiasme tanto la idea de ir a Londres.

Joss nunca se había dejado llevar por la atracción hacia una mujer. No formaba parte de su naturaleza.

«Tus emociones son una tierra baldía...», le había dicho en una ocasión una de sus amantes, entre lágrimas, después de que aplastara sus esperanzas peregrinas de un final feliz. Deseaba a las mujeres. Disfrutaba del placer que podían darle, pero ninguna de ellas le cambiaba la vida. Y en cuanto a las emociones... ya se había curado de ello en la juventud.

Habiendo crecido en una familia disfuncional, había aprendido a una edad muy temprana cuál era el poder destructivo de eso a lo que llamaban «amor».

–Has estado en Londres entonces, ¿no?

Ella asintió con la cabeza. Su sonrisa no se borraba.

–Nací allí. Después nos fuimos a Washington cuando mi padre aceptó otro cargo diplomático. También vivimos en París, en El Cairo, y de vez en cuando veníamos a Bakhara. Volvimos a Gran Bretaña de nuevo cuando yo tenía doce años.

–¿Y lo disfrutaste? ¿Tienes amigos allí?

La sonrisa de Leila se desvaneció. Se encogió de hombros.

–A lo mejor.

–¿Entonces solo estás deseando ir de compras?

–No, yo... –se volvió hacia él. Esa vez sus largas pestañas escondían su mirada–. Bueno, claro. Las compras son algo inevitable en Londres –sus labios se curvaron para formar una sonrisa, pero no con tanta fuerza como antes.

–Ya veo que lo vas a pasar muy bien en Londres. El jet está listo para salir en cuanto lleguemos al aeropuerto.

–Eso es... ¡Mi pasaporte! No puedo...

–Sí puedes. Tu pasaporte te espera en el avión.

–¿En serio? –Leila se inclinó adelante y le miró a los ojos–. ¿No tuviste problemas para conseguirlo?

–Mi personal se hizo con él. Supongo que no hubo dificultades –Joss la observó con curiosidad–. Lo que veía en su rostro era casi asombro–. ¿Pasa algo?

–¿Qué? Claro que no. Es solo que...

Joss se echó hacia atrás en la silla. Las emociones que había visto en su rostro le intrigaban sobremanera.

En un principio la había tomado por una mujer sofisticada de la alta sociedad, desenvuelta y elegante, pero había algo más bajo esa fachada de alcurnia impecable.

–Ya casi hemos llegado.

Sus palabras fueron música para los oídos de Leila. El hecho de escapar de la casa de Gamil, de Bakhara, parecía demasiado bueno para ser cierto. Aunque amara su tierra natal, no iba a sentirse segura hasta estar a un continente de distancia de Gamil. Había contado con tener que quedarse en el país algunas semanas más e incluso había llegado a pensar que Gamil podría llegar a convencer a Joss para que la dejara atrás cuando tuviera que marcharse.

A lo largo de los años había intentado escapar en varias ocasiones, pero nunca había llegado muy lejos. Los esbirros de Gamil la habían encontrado todas las veces. La habían llevado de vuelta a la casa a la fuerza y los castigos se hacían cada vez más severos. El dinero de Gamil y el poder legal que tenía sobre ella como tutor le conferían un control ilimitado hasta el momento en que cumpliera veinticinco años, o hasta que se casara.

Sin embargo, incluso estando ya casada, había temido que Gamil encontrara alguna forma de impedir su escapada.

Llevaba más de doce meses sin poder salir de la casa y el violento espasmo que la había sacudido al atravesar el umbral había salido de la nada. Ni siquiera había sido capaz de despedirse de los invitados. Todo su cuerpo estaba volcado en la tarea de controlar la ansiedad que se había apoderado de ella.

—¿Tienes frío?

—No.

Una ola de alegría la invadió por dentro. Era cierto. Joss había conseguido su pasaporte. ¿Cuántas veces le había dicho Gamil que lo tenía bajo llave?

La limusina entró en las pistas del aeropuerto y unos segundos después se detuvieron junto al jet. El personal del aeropuerto les esperaba para ayudarles a embarcar.

—¿Lista?

—Lista —deseosa de echar a volar, Leila abrió la puerta del coche antes de que el chófer pudiera hacerlo por ella. El aire caliente del desierto la golpeó como un puño y las rodillas dejaron de sostenerla de repente. El mundo daba vueltas a su alrededor. El pulso se le aceleraba por momentos y sentía los pálpitos de su propio corazón en las sienes. Un terror sin nombre se apoderó de ella. No podía respirar y era difícil mantenerse en pie.

El chófer dijo algo y un segundo más tarde Joss estaba frente a ella. Sus labios se movían lentamente. Bien podría haber estado detrás de un cristal. No era capaz de oír lo que le decía. La adrenalina corrió por sus venas como una bala. No quería volver a entrar en el coche. No podía hacerlo. No iba a volver atrás.

—¡Leila! —esa vez sí le oyó—. ¿Qué sucede?

Ella respiró profundamente y trató de ponerse erguida. Levantó la barbilla y tragó con dificultad. Tenía la garganta tan seca como la arena del desierto.

Joss la atravesaba con la mirada, recordándole lo fuerte que era. Había sobrevivido al maltrato de su padrastro durante años. Había soportado una boda que no había sido más que una farsa, un negocio que nada tenía que ver con el amor. Podía caminar hasta el avión. Había pasado por cosas peores a lo largo de su vida.

Además, la idea de ser devuelta a la capital, a su antigua casa, era una ducha de agua fría sobre la piel caliente.

—Lo siento —dijo en un tono de voz extraño—. Tengo las piernas entumecidas, después de llevar tanto tiempo sentada —trató de sonreír, pero lo que obtuvo fue más bien una mueca—. Estaré bien en un minuto.

Joss se volvió y les dijo algo a los empleados que les acompañaban. Estos se dispersaron.

Leila volvió a respirar profundamente. Fuera cual fuera el miedo que la atenazaba, no era real. Podía superarlo. Dio un paso tentativo, sin soltar la puerta del coche. Se sentía como si tuviera las piernas de cemento. Le pesaban mucho, pero al mismo tiempo le temblaban. Dio otro paso más hacia el jet. Solo faltaban unos veinte pasos hasta llegar a la escalera. Podía lograrlo.

Respirando una vez más, Leila se obligó a soltar la puerta y comenzó a avanzar hacia el avión.

Unos brazos fuertes la rodearon de repente y la alzaron en el aire. De repente sintió el pausado golpeteo del corazón de Joss contra el cuerpo. Por primera vez desde la muerte de su madre, sentía lo que era sentirse abrazada, protegida. Aunque odiara la idea de necesitar ayuda, no podía evitar sentirse reconfortada.

—Relájate —le dijo él—. Te llevaré a un sitio tranquilo enseguida.

—Puedo caminar. ¡Quiero subir al avión! —Leila levantó la cabeza y se encontró con unos ojos de color azul oscuro, llenos de escepticismo.

La ansiedad aún la carcomía por dentro, pero logró sostenerle la mirada con dignidad.

—Por favor, Joss —era la primera vez que decía su

nombre y la facilidad con que le salió la sorprendió mucho–. Estaré bien en cuanto suba.

Él vaciló un momento. Frunció el entrecejo y la observó con mucha atención.

–Muy bien. Vamos al jet entonces.

Leila respiró profundamente hasta llenarse los pulmones.

–Gracias –cerró los ojos y trató de regular la respiración. Él acababa de moverse, pero no abrió los ojos para mirarle. Le bastaba con sentir esos músculos que la sostenían. La sensación de seguridad la llenaba por dentro.

Se sentía muy segura en brazos de un extraño, pero no quería preguntarse por qué.

–Lo siento –susurró Leila–. Normalmente no... La mayoría de las veces puedo caminar y mantener una conversación a la vez.

De pronto sintió la carcajada de Joss en el flequillo.

–No lo dudo –le dijo él–. No olvides que te he visto hacer de anfitriona. Has lidiado con un marido desconocido delante de cientos de invitados durante una boda interminable y has mantenido el tipo sin pestañear.

Leila abrió los ojos de golpe. Su tono de voz sarcástico le llamaba mucho la atención.

En un principio había creído que Joss Carmody era demasiado seco como para tener sentido del humor. Creía que cuando la miraba lo único que veía eran cientos de hectáreas de tierra, pero se había equivocado.

–Fue una boda corta, teniendo en cuenta cómo

suelen ser las ceremonias en Bakhara –dijo ella, mirándole a la cara mientras subían los peldaños que llevaban al jet–. Nos libramos de casi toda la pompa.

Gamil se había puesto furioso. Quería exhibir toda su riqueza y también a su futuro yerno delante de la alta sociedad.

Leila sintió el roce del hombro de Joss cuando atravesaron la portezuela del jet. Ya se sentía mejor. A lo mejor había perdido la capacidad de soportar el calor de Bakhara después de haber pasado tantos años cautiva en la mansión.

–Ahora ya puedo ponerme en pie. Gracias. Ya me siento bien.

Joss la miró a los ojos. Su expresión era hermética.

Leila sintió una ligera inquietud. ¿Qué veía mientras la observaba? ¿Un valor financiero o algo más? Apoyó la palma de la mano sobre su cuello y trató de poner algo de distancia, pero no funcionó. De repente se sentía vulnerable en sus brazos, diminuta.

La mirada de Joss recayó en sus labios.

–¡Joss! ¡Te he dicho que ya puedo ponerme en pie! –gritó. De repente era imperativo que la soltara.

Él la apoyó en el suelo, sin dejar de observarla ni un momento. Leila sintió que las fuerzas volvían a sus piernas. Con los hombros erguidos y la frente bien alta, fue capaz de caminar hasta el asiento que le señalaba la azafata.

–¿Podría traerme un vaso de agua, por favor? ¿Y algo para el mareo?

–Claro, señora –le dijo la auxiliar de vuelo.

Joss se sentó al otro lado de la cabina. No dejaba

de mirarla... Tras haberse tomado el agua y el medicamento, Leila echó atrás la cabeza y cerró los ojos. El zumbido de los motores se hacía cada vez más intenso.

Cuando el avión despegó por fin, volvió a abrirlos. Joss estaba leyendo unos papeles y haciendo anotaciones. Un gran alivio la invadió por dentro. Se había olvidado de ella. Su curiosidad había sido temporal. Para cuando llegaran a Londres ya la habría olvidado por completo.

Se volvió hacia Bakhara por última vez. Esas tierras baldías se alejaban para siempre. Una nueva vida acababa de empezar.

Capítulo 3

YA VEO que estás como en casa.

Joss entró en la cocina. Al ver a Leila con el hervidor en la mano, a punto de ponerlo al fuego, sintió algo parecido al calor de hogar. Era el último sitio donde esperaba encontrarla. Teniendo en cuenta el número de sirvientes que tenía en la casa de Gamil, se la imaginaba recostada en la cama y dando órdenes a los empleados.

Leila se giró de repente.

—Me has sorprendido. No esperaba verte aquí.

Joss se encogió de hombros.

—Todo el mundo sabe que muchas veces me preparo el café yo solo.

—Quería decir que no esperaba encontrarte en el apartamento, no a esta hora del día –añadió al ver que él arqueaba las cejas–. Solo es media tarde.

—¿Y los magnates nunca se toman tiempo libre?

La mirada de Leila se desvió un instante.

—Entiendo que eres un hombre que se ha hecho a sí mismo. No podrías estar donde estás sin haber trabajado muchas, muchas horas.

—Tienes razón –Joss cruzó la estancia, se quitó la chaqueta y la dejó sobre un taburete, cerca de la enorme isla de la cocina–. Trabajo muchas horas.

Esta noche tengo que trabajar. Tengo una videoconferencia con Australia, y mañana tengo que irme para resolver un asunto.

El resto de negocios tendrían que esperar. El accidente en una plataforma petrolífera era prioritario.

—Mientras tanto es hora de que hablemos.

—Buena idea —Leila asintió, pero sus hombros seguían tensos.

¿Por qué estaba tan tensa? ¿Era por él o acaso estaba enferma de nuevo? Frunció el ceño.

El día anterior, cuando la había sostenido entre sus brazos, le había parecido que no pesaba nada. Se le salían los huesos de la cadera y también las costillas...

Recuerdos que creía enterrados habían aflorado a la conciencia entonces, recuerdos de Joanna, con quince años de edad, un saco de huesos y piel, encerrándose en sí misma para no ceder ante las exigencias egoístas de sus padres, unos padres que nunca se habían preocupado por sus hijos, excepto para utilizarles como arma en su guerra interminable.

Mientras abrazaba a Leila había sentido los temblores que la recorrían. Intentaba esconder la debilidad, pero era inútil.

Joss se había visto embargado por un sentimiento protector que no recordaba haber vuelto a sentir desde que tenía diez años. Entonces quería salvar a su hermana, pero no había podido. Joanna se había consumido poco a poco ante sus ojos.

Pero Leila no era Joanna. No era una adolescente herida. Era una mujer hecha y derecha, lo bastante lista como para venderse por una vida de lujos. No era asunto suyo si se había excedido con la dieta pre-boda.

—¿Te sientes mejor hoy? —le preguntó, no obstante.

—Mucho mejor. Gracias. Los preparativos de la boda deben de haberme cansado más de lo que esperaba.

El agua entró en ebullición y el hervidor se apagó.

—¿Quieres algo? Estoy haciendo té de camomila —le regaló una de esas sonrisas pequeñas, formales. Era la anfitriona perfecta.

—No me suena bien eso. Creo que me quedo con el café —Joss fue hacia la puerta para buscar al ama de llaves, pero la empleada iba hacia él en ese momento.

—¿Qué necesita, señor Carmody?

—Un café y un sándwich. Mi esposa va a tomarse un té de camomila y... —arqueó una ceja.

—Nada más. Gracias. No tengo hambre.

Joss reparó en el vestido de seda color beis que llevaba puesto. Había perdido peso desde la primera vez que se habían visto. Entonces estaba delgada, pero aún tenía curvas.

Sin embargo, no se trataba solo del peso. Tenía un aspecto mustio. El color del vestido apagaba el color de su tez. Era una prenda adecuada para alguien mucho mayor, no para una mujer joven y hermosa.

—¿Señor Carmody?

El ama de llaves le observaba con curiosidad.

—Escoja usted, señora Draycott. Traiga lo que le parezca a ver si es capaz de tentar un poco a mi esposa.

Leila abrió los ojos.

—Claro, señor.

—Estaremos en la sala de estar pequeña.

Leila le sostenía la mirada sin pestañear. Sin decir ni una palabra, cruzó la habitación con paso lento y la frente bien alta. Fue hacia él.

Joss trataba de descifrar aquello que se escondía tras ese rostro de aparente calma. Casi podía oír las palabras que no pronunciaba. La siguió y se detuvo abruptamente cuando ella lo hizo, frente a la puerta.

—¿Cuál es la sala de estar pequeña? Hay varias.

—A la derecha. La tercera puerta.

Siguiéndola, Joss se permitió el lujo de mirarla de arriba abajo. Sus caderas se movían a un ritmo suave, discreto. Ella entró en la sala y se sentó. Era la viva imagen de la gracia femenina. De repente Joss sintió que había conseguido algo más de lo que esperaba en ese matrimonio de conveniencia.

Leila escogió una silla ancha. El cuero suave la envolvía, disipando la inquietud que la había invadido desde la llegada de Joss. No se sentía preparada para lidiar con él teniendo tantas cosas en la cabeza.

Mientras caminaba sin rumbo en ese apartamento de decoración minimalista había sentido un gran alivio. Por fin había tenido oportunidad de estar sola. No había tenido que compartir la enorme cama con nadie y en el armario no había ropa de Joss.

—¿Estás a gusto en tu habitación? —Joss se incorporó y estiró las piernas con la seguridad de un hombre que domina el entorno.

Estaba de espaldas a la ventana y era difícil ver la

expresión de su rostro, pero Leila suponía que debía de ser de satisfacción.

—Muy acogedor. Sí. Gracias.

Leila había crecido rodeada de lujos, pero nunca había estado en un sitio como ese. Además, su padrastro la había hecho vivir como una esclava durante los últimos años de su confinamiento. El roce de la seda contra la piel, los tacones altos... todo era una experiencia desconocida y sensual.

El silencio se cernió sobre ellos.

—¿Llevas mucho tiempo viviendo aquí?

—Compré la casa hace un par de años, pero no he estado mucho aquí. Suelo moverme bastante por negocios.

Leila asintió con la cabeza. La señora Draycott le había dicho que era un placer recibir a gente en la casa y ella había entendido que Joss no solía pasar mucho tiempo en el apartamento.

—¿Cuánto tiempo vas a estar aquí?

Joss comenzó a tamborilear con los dedos sobre el reposabrazos.

—Estaremos aquí un mes al menos.

—¿Estaremos?

—Claro. Acabamos de casarnos.

Leila trató de ignorar el pánico que la invadía al pensar en la posibilidad de tener que compartir el espacio con Joss Carmody. Aunque hubieran llegado a un acuerdo para llevar vidas independientes, la idea de tener que pasar tanto tiempo a su lado durante un período de tiempo tan corto le restaba tranquilidad. Joss Carmody era un hombre poderoso, acostumbrado a salirse siempre con la suya.

–¿Leila?

Leila levantó la mirada y se lo encontró observándola.

–¿Qué pasa? ¿No te gusta el ático?

–Al contrario. Es muy agradable.

–¿Agradable? –Joss arqueó una ceja–. La gente lo describe de muchas maneras, pero nunca les he oído decir nada parecido.

–Siento haberte ofendido –dijo Leila lentamente–. El apartamento es espectacular.

–Aquí tienen, señor, señora –el ama de llaves entró en ese momento con una enorme bandeja en las manos–. Hay sándwiches y... –miró a Leila y sonrió–. Rollitos orientales con sirope y pasteles con sabor a agua de rosas. Pensé que le gustaría comer algo que le recuerde a su hogar, señora.

–Gracias. Es muy amable.

Leila aceptó un plato repleto de delicias y le sonrió a la señora Draycott al tiempo que esta abandonaba la estancia.

–Están muy buenos –dijo Joss después de comerse uno de los pastelitos. Agarró otro de inmediato.

–¿Te gusta el dulce? –Leila dejó su plato sobre una mesa accesoria y agarró su taza de té–. ¿Tu madre te hacía dulces cuando eras pequeño?

Aunque siempre habían tenido cocinero, Leila recordaba los dulces de su madre como los mejores del mundo.

–No.

La respuesta fue escueta y brusca.

–Mi madre no se manchaba las manos con algo tan mundano como cocinar.

–Entiendo.

–No lo creo.

La voz de Joss era fría, cortante.

–Mi madre aborrecía todo aquello que pudiera estropear su figura de jovencita y sus manos delicadas –le dijo, mirándola fijamente–. Además, creía que el mundo giraba en torno a ella. No le gustaba hacer nada doméstico para no ensuciarse las manos. Para eso estaban otros.

Leila frunció el ceño al oír ese comentario corrosivo. Apartó la mirada. Se sentía incómoda con la emoción repentina que había aflorado en su interior.

Eran dos extraños y era mejor que las cosas siguieran así.

–Tu madre debe de estar muy impresionada con todo esto –dijo, gesticulando a su alrededor.

–Mi madre está muerta –la mirada de Joss se oscureció–. No tengo familia.

–Lo siento.

–¿La ausencia de parientes en la boda no te pareció extraña?

Su tono de voz era brusco. La hacía sentir vergüenza de no haberse dado cuenta.

–No. Yo...

–Tampoco quiero una familia. No tengo interés en perpetuar el nombre de la familia –su mirada la taladró–. Y no veo qué sentido tiene traer más niños al mundo si no podemos darles de comer a todos los que ya están aquí –bajó la vista y contempló el plato de ella, que continuaba lleno de comida.

Sin ganas, Leila agarró un pastel pequeño. Al oler la miel sintió náuseas y vaciló un momento.

–La señora Draycott se esforzó mucho para agradarte.

Leila sintió la presión del intenso escrutinio de Joss mientras se comía el dulce. Recuerdos agridulces la invadían de pronto.

Recordó un tiempo en el que daba la felicidad por sentada. Recordó a su madre, riéndose en su enorme cocina de París, con el delantal del cocinero enroscado dos veces alrededor de su esbelta figura. Eran recuerdos de la infancia, de fiestas de cumpleaños, llenos de sonrisas y alegría.

–Está bueno –dijo Leila y se arriesgó a probar otro bocado.

De repente notó un sabor ácido. El estómago le daba vueltas.

Hizo ademán de levantarse.

–Disculpa. Tengo que...

–¿Ir al baño? ¿Por qué? ¿Para poder sacarte toda la comida del cuerpo?

Leila sacudió la cabeza, sorprendida ante esa furia inesperada.

–No me siento bien. Eso es todo. Tengo que...

–Lo estás haciendo a propósito, querrás decir.

–¡No! –Leila se puso en pie de golpe–. No es eso.

–Dímelo, Leila –le dijo Joss, impidiéndole la salida–. ¿Qué es lo que tienes, bulimia o anorexia?

Joss estaba decidido a averiguar la verdad en ese momento. La paciencia se le estaba acabando.

–¡Ninguna de las dos! No pasa nada con mis hábitos alimenticios.

La miró fijamente. El color había vuelto a sus mejillas. Había fuego en sus ojos.

También era hermosa cuando estaba enfadada.

—Entonces, ¿por qué nunca te he visto comer más que un bocado? ¿Por qué tienes ganas de vomitar cuando comes?

Se acercó a ella, lo bastante para aspirar su fragancia fresca. Ella levantó la cabeza.

—¿Siempre sacas conclusiones precipitadas? —le preguntó ella, arqueando una ceja.

—¿Siempre evitas preguntas para las que no tienes respuestas?

Ella cruzó los brazos, haciendo alarde de paciencia. Joss, sin embargo, no se dejaba engañar. Algo seguía ardiendo en sus pupilas.

—No he comido nada pesado últimamente. La comida del festín de bodas estaba diseñada para impresionar, pero no me gustó.

—¿Has estado a dieta? ¿No te advirtió tu padre acerca de los peligros de perder peso?

—Mi padrastro —Leila arrugó los labios de inmediato, como si se arrepintiera de tener que corregirle—. Y no. No tenía ningún problema con que hiciera dieta.

Joss se dio cuenta de que no se lo estaba contando todo.

—¿Y ahora? No me vas a decir que los dulces no te gustan. Vi la cara que pusiste cuando le diste el primer mordisco.

Leila se encogió de hombros.

—Estaban muy ricos, pero, como te he dicho, mi dieta ha sido muy ligera, muy... restrictiva. Era demasiado.

Joss se mordió la lengua. Sabía que había algo que no le decía.

—¿Y ahora? ¿Sigues sintiéndote mal?

—Ya sabes... —le dijo ella, ladeando la cabeza, como si se lo estuviera pensando—. ¡No! —parecía muy complacida.

—Bien. Tienes que ganar apetito.

—¿Ah, sí?

Él asintió. Volvió a sentarse y agarró su taza de café. Sin duda iba a llevarle un tiempo llegar al fondo de lo que escondía Leila.

—Tengo que marcharme, pero cuando vuelva y empecemos a tener visitas, no vas a poder salir corriendo hacia el cuarto de baño constantemente.

¿Visitas?

La sorpresa recorrió a Leila por dentro.

—¿Qué quieres decir? —le preguntó, mirándole fijamente.

—Estarás conmigo cuando tengamos invitados —se encogió de hombros—. Hay muchos negocios que se hacen así, contactos sociales... Una de las razones por las que me pareciste una novia adecuada fue tu estirpe. Eres hija de diplomáticos, criada en los mejores círculos, con contactos en las familias más poderosas, con las cuales tendré que hacer negocios —Joss se echó hacia atrás en su silla, claramente satisfecho consigo mismo—. Eres una anfitriona nata. Esa fue una de las cosas en las que me fijé cuando nos conocimos.

—Ya veo —dijo Leila, apretando los dientes. La piel

le ardía y la furia corría por sus venas–. Eso no estaba en nuestro acuerdo.

–¿No?

–No. No dijiste que tuviera que agasajar a los invitados contigo.

Joss cruzó una pierna por encima de la otra lentamente. Estiró los dedos sobre los brazos de la silla.

–¿Crees que el hecho de haberte casado conmigo te da derecho a seguir igual que estabas antes? ¿Crees que no vas a tener que hacer nada?

–Mira quién habla. Te casaste conmigo por las tierras de mi padre.

–Sí. Y al hacerlo también conseguí a una anfitriona que me puede ayudar a lograr mis metas. En este momento, se trata de facilitar las relaciones con la élite de la sociedad europea y de Oriente Medio. No hay nadie en mejor situación que tú para ayudarme.

Leila apretó los labios para no arremeter con una respuesta envenenada.

–Me temo que yo tengo otros planes –se echó hacia atrás y le clavó la mirada.

–¿Otros planes? ¿Cómo vas a tener otros planes si acabamos de casarnos?

Leila se encogió de hombros.

–Dijiste que esto era un matrimonio sobre el papel. Me dejaste muy claro que íbamos a vivir vidas independientes.

–Y lo haremos, excepto cuando tengamos que aparecer juntos en eventos sociales. No te preocupes. No voy a interferir en tu vida privada siempre y cuando seas discreta –sonrió.

Sin duda la cláusula de penalización por embarazo que había incluido en el contrato prematrimonial le hacía sentirse muy seguro.

—Pero habrá momentos en los que necesitaré tus servicios como anfitriona.

—¿Y si me niego?

—¿Negarte? No seas absurda. ¿Por qué ibas a negarte?

—No me conviene. A partir de ahora voy a vivir mi propia vida.

Joss la atravesó con una mirada abrasadora.

—Me parece que no, querida esposa mía. Recuerda el acuerdo prematrimonial que firmaste. Ya has accedido a esto. No tienes elección.

Capítulo 4

LEILA sintió que el aire se le escapaba del pecho. Él no estaba bromeando. ¿Qué clase de hombre especificaba tantos detalles en un contrato matrimonial? ¿No se suponía que esos acuerdos eran para preservar la riqueza conjunta y no para poner por escrito las obligaciones de la esposa? Aunque esos ojos furiosos la taladraran, Leila se dio cuenta de que a Joss Carmody le gustaba poner los puntos sobre las íes, sobre todo en los negocios, y su matrimonio con ella no era más que un negocio.

Se aferró a esa idea como si fuera un salvavidas en medio de un mar tempestuoso. Podía lidiar con los negocios. Lo que no podía soportar eran los juegos emocionales.

–Leíste el acuerdo prematrimonial, ¿no? –le preguntó él, arqueando una ceja.

Leila odiaba esa expresión de superioridad. Ya tenía el cupo lleno de hombres prepotentes que se creían mejores. Apretó las manos, clavándose las uñas en la carne. Había querido leer los papeles, pero su padrastro los había tapado todos. Solo había podido ver el final de cada hoja y la última página, donde tenía que firmar. Estaba furiosa, frustrada, pero estaba tan desesperada que había firmado los documentos.

–¿Leila?

–Debí de saltarme esa parte.

El orgullo le exigía maquillar la verdad. Todo aquello formaba parte del pasado y no quería volver a él, sobre todo delante de un hombre que la veía como un objeto útil.

Gamil se había aprovechado de todas sus debilidades y Leila no tenía intención de volver a mostrar sus flaquezas ante ningún hombre, sobre todo tratándose de su marido. Era demasiado peligroso.

Unos ojos oscuros la taladraban. Era toda una proeza no dejarse intimidar por esa mirada intensa y no apartar la vista tal y como había aprendido a hacer con Gamil.

–Ah, te fijaste más en los beneficios financieros, ¿no? Entiendo –Joss asintió. Ni siquiera sonaba sarcástico. Realmente creía que el dinero era todo lo que le importaba.

–Ya veo que tienes una muy mala opinión de las mujeres.

Él pareció sorprenderse.

–Trato a la gente según me parece que son, ya sean hombres o mujeres.

Y eso significaba que respetaba muy poco a la gente. Todo lo que averiguaba sobre él le confirmaba que era un hombre al que era mejor no conocer mejor.

–Entonces el contrato especifica mis obligaciones como anfitriona –Leila se obligó a ir al grano–. ¿Hay algo más?

—Pediré que traigan una copia para que puedas leerla —miró el reloj.

—Compláceme, Joss —Leila cruzó las piernas y se echó hacia atrás con desparpajo aunque todos los músculos de su cuerpo protestaran. Tenía que esconder la desesperación que sentía.

La mirada de Joss la recorrió de arriba abajo, empezando por las piernas y subiendo hasta llegar a su rostro. Leila sentía un cosquilleo allí donde se posaban sus ojos.

Ladeó la barbilla haciendo un gesto desafiante, fingiendo que no sentía nada. Pero algo brilló en los ojos de él y la hizo sentir un escalofrío en la nuca. Era evidente que Joss estaba acostumbrado a llevar la voz cantante. Nunca tenía que dar explicaciones ni contestar a las preguntas de nadie.

—¿Qué más me he perdido? —le preguntó Leila, tocando el colgante de perlas de su madre.

La calma de Joss era inquietante. Estaba completamente centrado en ella y en el colgante que tenía en la mano. Rápidamente Leila soltó la joya y sintió cómo le caía entre los pechos.

La mirada de Joss se detuvo en el sitio donde se apoyaba el colgante.

Leila dejó escapar el aliento. Un calor intenso le cubría los pechos y el pulso se le aceleraba por momentos. No estaba acostumbrada a que la miraran así.

—Deberías leer los papeles —le sugirió él.

Su tono de voz insinuaba que no los entendería.

—Lo haré —dijo Leila, sonriente—. Pero mientras tanto...

Él soltó el aliento. Su rostro se contrajo. Parecía

que el control empezaba a fallarle. La sonrisa de Leila se hizo más grande.

–Accediste a ser mi anfitriona, pero no te preocupes. El trabajo no va a ser duro. Habrá mucho tiempo para... –gesticuló, como si no supiera muy bien qué hacía la gente corriente con su tiempo.

–¿Ir de compras? –la sonrisa de Leila se volvió artificial.

–Eso es. Y aparte de eso, hay una penalización si te ves envuelta en algún escándalo. También la hay si hay un divorcio, o si te quedas embarazada.

–¿Por qué hay penalizaciones? –le preguntó Leila con incredulidad.

–Ya me has oído –Joss se bebió su café con tanta indiferencia como si estuvieran hablando del tiempo–. Especifiqué que no habría hijos en este matrimonio.

–Me acuerdo.

¿Cómo iba a olvidar eso? Se había aferrado a la idea de que no esperaba que compartiera cama con él.

–Pero hacen falta dos para...

–Puede que hagan falta dos para concebir un hijo, pero yo no voy a ser uno de ellos.

Las palabras salieron de su boca como las balas de un rifle.

Leila lo entendió por fin. Se refería a que pudiera tener hijos con otros hombres, con otros amantes.

–Si te quedas embarazada, no me vengas a llorar para que te ayude. Perderías todos los beneficios que te proporciona este matrimonio.

Su tono de voz era gélido. Cada sílaba estaba llena de desprecio.

–No te escandalices tanto, Leila. Estoy seguro de que eres demasiado sensata como para quedarte embarazada.

Se suponía que lo que acababa de decirle no tendría que haberle hecho tanto daño, pero por alguna razón, se lo hacía. Sabía que tenía muy mala opinión de ella, pero esa era la gota que colmaba el vaso.

–No te preocupes. No me voy a quedar embarazada.

Cuando tuviera hijos, sería con un hombre al que amara, un hombre que la amara con todo su ser, y no uno que solo pensara en contratos y beneficios. Algún día, cuando ese matrimonio de conveniencia no fuera más que un mal recuerdo...

–No tengo intención de acostarme con ningún hombre, y menos contigo.

Joss dejó su taza encima de la mesa. No dejaba de mirarla.

–Oh –murmuró.

Su voz era grave, profunda. Le ponía el vello de los brazos de punta.

–Yo nunca me «acuesto» con mujeres. Mi interés en ellas es mucho más activo. Siempre me acuesto solo –esbozó una sonrisa de pura satisfacción que la hizo estremecerse por dentro. A pesar de esa actitud engreída, su sonrisa sí era peligrosa.

Leila se movió deliberadamente. Se acomodó en el asiento y volvió a cruzar las piernas. Levantó el colgante de su madre una vez más. Su solidez era reconfortante.

–Excelente –hizo una pausa para obtener toda la atención de Joss–. Es reconfortante saber que no esperas intimidad de ningún tipo –bajó la voz–. Simplemente asegúrate de mantener ese régimen en todos los ámbitos. Los encuentros casuales con tus compañeras de gimnasio no serían muy agradables –añadió en un tono mordaz.

Joss abrió los ojos ligeramente y entonces, para sorpresa de Leila, se echó a reír.

–*Touché*. Has hablado como una auténtica esposa.

–Lo haré mejor la próxima vez –le dijo ella–. No es una auténtica esposa lo que quieres –añadió al ver su expresión confusa.

–Claro que no.

La risa se apagó en los labios de Joss. Durante una fracción de segundo casi había olvidado la necesidad de poner distancia entre ellos.

–¿Y si me niego a ser tu anfitriona?

–¿Por qué ibas a hacerlo? –Joss se inclinó hacia delante un poco, intrigado aunque no quisiera estarlo.

¿Por qué hacía una montaña de un grano de arena? ¿Por qué insistía tanto en ello?

Leila se encogió de hombros y comenzó a juguetear con su brazalete. Joss estuvo a punto de dejarse engañar por su aparente indiferencia, pero entonces reparó en su otra mano. La tenía cerrada en un puño. La curiosidad le comía por dentro.

–Es la única cosa que quiero de ti. Si no cumples el acuerdo, lo rescindiré. Regresarás a Bakhara de inmediato.

Leila dejó escapar el aliento. Su mirada se encontró con la de Joss. Había emoción en sus ojos. De repente se oyó un ruido estridente y Leila apartó la vista. Las perlas negras rebotaban y rodaban alrededor de sus pies, pero ella seguía inmóvil, con una mano apoyada en el regazo y la otra sobre el pecho, sosteniendo lo que quedaba del collar.

−¿Leila? −Joss hizo ademán de levantarse y de ir hacia ella, pero entonces se dio cuenta de lo que estaba haciendo y volvió a sentarse.

Ella no se percató de nada. Mantenía la mirada fija en el suelo.

−Leila... ¿Qué pasa?

−Desconozco la fuerza que tengo −dijo por fin, señalando las perlas que se movían sobre el suelo de parqué. Esbozó una fría sonrisa que no resultaba nada convincente.

Parecía que quería agacharse para recoger las perlas.

−¿No quieres irte a casa?

Ella se quedó quieta de inmediato. Se encogió de hombros, pero no le miró a los ojos.

−He vivido por todo el mundo. Bakhara no es necesariamente mi casa.

−No me has contestado, Leila. ¿Por qué no quieres volver a Bakhara?

Ella se encogió de hombros y apretó las manos sobre el regazo. Respirando profundamente, abrió las manos, las colocó sobre los brazos de la silla y se recostó hacia atrás.

−Viví allí durante cuatro años. Ya es hora de cambiar. Estoy acostumbrada a mudarme cada cierto tiempo.

Agitó una mano en el aire y Joss se fijó en una marca. Era una línea azulada que le recorría el brazo.

La doble fila de perlas que había llevado en la muñeca a lo largo de ese día la tapaba, y el día anterior se había puesto unas pulseras rígidas que también escondían la mancha.

Era un hematoma, la marca de una mano alrededor de su brazo.

Joss recordó la forma en que miraba por encima del hombro el día en que se habían conocido. ¿Acaso la habían obligado a casarse?

Leila se dio cuenta de que estaba atrapada. No tenía escapatoria.

Con el pretexto de que iba a invertirlo, Gamil le había robado todo el dinero que le habían dejado sus padres, pero sin ese dinero solo contaba con la mensualidad que obtendría a través del matrimonio. Sus planes de independencia no podían llevarse a cabo de otra manera.

Joss se puso en pie. La violencia de su movimiento la hizo encogerse de miedo. No se atrevía a levantar la vista, pero le oyó ir hacia la ventana.

—Dime —se dio la vuelta bruscamente—. ¿Te obligaron a casarte?

Leila abrió los ojos.

—¡Contéstame! —su voz sonaba tensa, cortante—. ¿Leila? —le dijo en un tono más suave, como si acabara de arrepentirse de su brusquedad.

Ella sacudió la cabeza.

—¿Te importaría si hubiera sido así?

—Es verdad entonces, ¿no?

—No. No es cierto.

Joss dio un paso hacia ella y se detuvo. Levantó una mano y se frotó la nuca.

—Puedes decírmelo si tu padrastro te obligó a casarte —había algo en su voz que sonaba cercano a la simpatía.

—¿Qué te hace pensar que lo hizo? —Leila parpadeó. Se preguntó qué había dicho para hacerle sentir algo así.

Joss se acercó más. Le agarró una mano.

Ella tiró para soltarse, pero él le puso la palma hacia arriba.

Había varias marcas en su piel, la huella de los dedos de Gamil...

Su padrastro casi nunca la tocaba. El contacto físico nunca le había gustado, pero su rabia había alcanzado cotas insospechadas aquel día, cuando la había tachado de insolente. La había agarrado del brazo sin piedad mientras soltaba todo el veneno con su lengua viperina.

Temblando, Leila ahuyentó esos recuerdos. Se concentró en el presente, en su muñeca, en la forma en que Joss le sujetaba la mano. La imagen la hizo esbozar una tímida sonrisa.

Hacía tanto tiempo que no experimentaba ternura...

De repente cayó en la cuenta de que podía ser una estratagema. Su padrastro era un maestro de las argucias. Esperaba el momento justo para buscar venganza aprovechando sus momentos más vulnerables, cuando bajaba la guardia.

—¿Leila?

Ella levantó la vista lentamente. Él estaba a unos centímetros de distancia.

–Gamil se enfadó mucho por algo y me agarró con demasiada fuerza.

–¿Te hacía daño a menudo?

Leila apartó la mirada.

–Es la única vez que me ha dejado marcas. No era de esos –respiró hondo. Quería retirar la mano, pero no podía. No era capaz de romper el contacto–. No me obligaron a casarme. Yo accedí a casarme. No hubo coacción.

–¿Estás segura? Ahora es el momento de decírmelo.

–Es cierto. Yo quería casarme contigo.

–Me alegra oír eso.

Joss le levantó la mano. Ella alzó la mirada y se encontró con unos ojos color índigo.

Sorprendentemente, él se llevó su mano a los labios y se la acarició suavemente.

Leila abrió los ojos. Nunca la habían besado. El contacto lanzaba dardos de sensaciones que la recorrían de arriba abajo. Se preguntó cómo sería ser besada en los labios...

Bajo su atenta mirada, Joss le dio un beso en la delicada piel de la muñeca, justo encima del hematoma. Leila dejó escapar el aliento con fuerza. Sus labios la acariciaban de una manera inesperada que la hacía estremecerse por dentro. La boca se le secó y los pezones se le endurecieron.

Joss Carmody era peligroso. Bastaba con una simple caricia suya, con una pizca de ternura, para perder el control.

Capítulo 5

QUÉ le estaba pasando?

Joss llevaba dos semanas fuera. Había habido un incendio en una plataforma petrolífera y el daño ecológico en el mar de Timor había sido considerable. Habían sido días de estrés y de poco dormir. Sin embargo, sus pensamientos volvían a Leila una y otra vez.

Leila, su esposa... el sabor de su piel suave, la promesa de cosas maravillosas en sus ojos aturdidos y sus labios entreabiertos... ¿Cuándo había sido la última vez que se había sentido así por una mujer?

Pero Leila Carmody no era más que un activo. La había adquirido al hacer un trato que le permitía aceptar nuevos retos empresariales. Haría prospecciones y buscaría el sitio perfecto para abrir una planta de energía alternativa. El jeque de Bakhara tenía interés en el proyecto, pero antes tenía que ponerlo en marcha.

Leila era un medio para obtener un fin.

¿Pero por qué se colaba en sus pensamientos cuando intentaba dormir o trabajar? ¿Acaso había sido un error el matrimonio? Él no era dado a cometer errores de esa clase. Evaluaba la situación, hacía lo que tenía que hacer y seguía adelante, pero ese matrimonio de conveniencia no era tan conveniente como había creído en un principio. Leila le distraía.

¿Por qué sentía esa curiosidad incesante por saber más sobre ella? Suscitaba un instinto protector en él, algo que no había experimentado desde que Joanna había sucumbido a una enfermedad que nadie podía parar, y mucho menos un niño de diez años.

Joss se quitó la pajarita y la tiró, enojado consigo mismo por sentir tanta expectación antes de verla. Tomó una corbata limpia y se la puso. Se hizo un nudo perfecto. Al mirarse en el espejo hizo una mueca. Prefería hacer negocios en una sala de juntas, o en una casucha en el desierto, pero no le quedaba más remedio que asistir a esa fiesta.

Salió de la habitación.

Leila le esperaba en el salón grande. Al verla, se detuvo en seco.

—¿Qué te has puesto?

Ella se volvió lentamente.

—Claramente eso es una pregunta retórica, a menos que te pase algo en la vista.

El color de sus mejillas y el destello tempestuoso de sus ojos desvió la atención de Joss un momento.

—Preferiría no ver bien —sacudió la cabeza—. ¿Pero qué te ha dado? Quiero que mi esposa tenga un aspecto glamuroso, no que parezca una vagabunda.

Leila levantó la barbilla.

—Es de una firma de primera —le dijo ella en un tono calmo—. No creo que compren muchas vagabundas en la tienda.

—No me importa de dónde lo sacaste. Ese tono

azul marino te apaga la tez y pareces un saco de pa-
tatas —sacudió la cabeza—. Quítatelo. ¡Ya!

Durante una fracción de segundo, Leila no pudo
hacer otra cosa que mirarle a los ojos. No iría a arrancarle el vestido del cuerpo... Respiró profundamente.
El fuego que ardía en sus ojos la hacía imaginar cosas
descabelladas.

—¿Quieres que me cambie?

—Sí. Ponte algo con color, llamativo.

Leila no creía tener nada así en su armario. No le
habían permitido opinar sobre la ropa de su ajuar.

—Estaría bien que lo hicieras ahora.

Leila levantó la cabeza. Él estaba allí, de brazos
cruzados. Era la viva imagen de la impaciencia masculina.

—Eres muy persuasivo cuando pides las cosas con
educación, Joss —le dijo ella, pronunciando su nombre lentamente y apoyando una mano en la cadera
con desparpajo—. Apuesto a que las mujeres hacen
cola para disfrutar de ese encanto tuyo.

Él no se movió ni un milímetro y, sin embargo, de
repente pareció más alto que nunca. Apretó los puños.

—Voy a cambiarme —dijo Leila, sin perder la calma.
Se volvió hacia la puerta y echó a andar, disfrutando
como nunca del sutil balanceo que le daban los tacones altos. Hacía mucho tiempo que no sentía nada parecido.

Un calor intenso la abrasó por detrás. Casi podía
sentir su mirada sobre la piel. Se volvió parcialmente.

–¿Algo glamuroso? ¿Fue eso lo que dijiste?

–Glamuroso. Sí –repitió él–. Quiero que tengas un aspecto espectacular.

Leila sintió que le fallaban los pies y estuvo a punto de dar un traspié. Tenía pocas posibilidades de llegar a ese nivel, ni siquiera en su mejor día y con la ropa más elegante.

Le habían hecho falta unas cuantas horas de práctica hasta llegar a un maquillaje aceptable. Llevaba mucho años sin pintarse los labios siquiera y no le había sido fácil reproducir el trabajo del estilista que habían contratado para la boda.

–Volveré enseguida –le dijo a Joss, intentando mantener los hombros erguidos.

Dos minutos más tarde contempló la ropa que su padrastro le había hecho a medida. Había un par de vestidos de estilo informal y unos pantalones negros que le encajaban como un guante, pero lo demás era un desastre.

–¿No te decides?

Leila se dio la vuelva de golpe.

–¡No puedes entrar aquí! –buscó algo para taparse, pero lo habían guardado todo.

Levantó las manos y se cubrió como pudo.

–¿No puedo entrar? –le dijo él, arqueando una ceja. Sacudió la cabeza–. Acabo de hacerlo –se adentró más en la habitación y se detuvo ante la fila de perchas.

Leila se puso una mano sobre el pecho y respiró aliviada.

Él miró los primeros conjuntos.

–No me digas que tú has escogido estas prendas.

–No.

–Entonces, ¿quién...?

–Mi padrastro. Es complicado.

Joss hizo una pausa y después siguió buscando entre las perchas.

–¿Y esto? –sacó unos pantalones negros de tela suelta–. ¿Te quedan bien?

–Sí, pero me dijiste que debía ser algo glamuroso. No son...

–En este momento me conformo con cualquier cosa que sea mínimamente aceptable –le dio los pantalones y se volvió hacia la cómoda.

Leila quiso protestar, pero ya era demasiado tarde. Él había abierto un cajón lleno de braguitas y sujetadores. Abrió otro más y comenzó a rebuscar entre camisones y lencería.

–¿Qué te parece esto? –se volvió hacia ella. Tenía una camisola de seda de color verde mar en las manos.

–¿Qué pasa con ello?

–¿Qué te parece si te lo pones con los pantalones negros?

Leila aceptó la camisola. La seda era tan fina que llevarla puesta sería casi como ir desnuda, pero no tenía elección.

–Me los pondré juntos –hizo una pausa–. Cuando te hayas ido...

Joss la miró por última vez, dio media vuelta y se marchó.

–Te veo en el vestíbulo.

Joss estaba de pie frente a la ventana. La rutilante ciudad se extendía ante sus ojos, pero apenas la veía.

Lo único que ocupaba sus pensamientos era Leila. Entró en la sala de estar. Había varias botellas en una mesa accesoria. Pensó en servirse una copa de whisky, pero entonces se detuvo. Casi nunca bebía.

Dio media vuelta. Se mesó el cabello. La exasperación se apoderaba de él por momentos. Por alguna extraña razón que no atinaba a entender, su esposa rompía el equilibrio del que había disfrutado hasta ese momento.

—Estoy lista.

Una voz grave le acarició los sentidos.

Se dio la vuelta y entonces deseó haberse tomado esa copa.

Los pantalones negros acentuaban su figura femenina, acariciando cada curva de sus caderas y sus muslos. El color de la camisola le realzaba la mirada, haciendo que sus ojos parecieran más grandes que nunca. La seda era muy fina y se movía cada vez que ella respiraba, dibujando el contorno de sus pechos. No llevaba sujetador.

Joss fue hacia ella. Quería tocarla, reclamar todo aquello que era suyo.

—Mucho mejor —le dijo—. Te queda muy bien.

—Es demasiado simple, teniendo en cuenta que tú vas de traje. No vamos igual.

Joss sacudió la cabeza.

—En absoluto. Pero ahora que lo dices, el moño no pega con tu nuevo look. Suéltate el pelo.

Ella se le quedó mirando durante unos segundos y después se lo soltó.

Con la camisola de seda y el cabello suelto, parecía que acababa de levantarse de la cama.

–Mucho mejor –repitió Joss, haciendo un gran esfuerzo para no perder el control–. Vamos.

No la tocó en ningún momento, pero Leila era consciente del calor de la palma de su mano. La sentía al final de la espalda. Entraron en el vestíbulo.

Todavía tenía el pulso acelerado después del incidente del vestidor. La presencia de Joss y su mirada abrasadora la habían dejado sin aliento y la habían convertido en una idiota.

Rápidamente se quitó el abrigo antes de que él se ofreciera a ayudarla. Aunque fuera de cobardes, prefería no tener que mirarle a los ojos o sentir el roce de sus manos. Necesitaba hacer acopio de toda su fuerza de voluntad para superar la prueba de esa noche. El momento que tanto había temido y para el que se había preparado había llegado.

El ascensor no tardó en llegar.

Dio un paso adelante y entonces se detuvo.

–¿Leila?

Ella dio otro paso tentativo, pero se paró en el umbral. El corazón se le salía del pecho.

–¿Has olvidado algo?

Leila levantó la vista un instante.

–¿Leila?

Buscando decisión donde no la había, Leila entró en el ascensor. Joss entró tras ella. Sentía su mano en la cintura. Si se concentraba en sentir el roce de su mano, el terror remitía.

Las puertas se cerraron con un susurro siniestro. Leila se dio la vuelta y levantó la mano. Quiso apretar un botón para que la puerta se abriera de nuevo, pero unos dedos firmes capturaron sus manos.

–¿Qué pasa, Leila?

Ella sacudió la cabeza. Dando un paso adelante, trató de moverle. Quería alcanzar el panel de botones del ascensor antes de que el pánico se apoderara de ella. Joss no se movía ni un milímetro, no obstante.

–He cambiado de idea. No quiero salir –la desesperación la consumía.

–¡Es demasiado tarde para eso!

–No me importa.

Leila sintió unos dedos que la sujetaban de la barbilla con fuerza, obligándola a levantar la vista. Le empujó en el pecho.

–¡Déjame salir!

Vio un destello de furia en su mirada y un momento después sintió su brazo alrededor de la cintura. Unos dedos implacables la sujetaron de la barbilla.

–Eres una caja llena de sorpresas. ¿Es un juego? ¿Quieres vengarte porque te hice cambiarte? Puede que tu padrastro te haya dejado jugar a ser la princesa consentida, pero ahora estás conmigo, cariño –la observó durante unos segundos y entonces esbozó una sonrisa inmisericorde–. No va a funcionar, Leila. Conmigo no. Ahora jugamos con mis reglas –añadió y a continuación la besó.

Capítulo 6

LOS labios de Joss se estrellaron contra los de Leila con furia y control al mismo tiempo. Sentía su brazo alrededor de la cintura, sujetándola con firmeza. Su mano sobre la cara no la dejaba moverse. No había huida posible.

Un gemido se le escapó de la boca. Era frustración, desesperación. No tenía armas para luchar. ¿Cómo iba a enfrentarse a esa debilidad si estaba dentro de su cabeza?

Los labios de Joss se movían sobre los suyos, trazando cada contorno.

Calor, oscuridad, peligro... Leila sentía todas esas cosas en sus labios, en el aire que aspiraba frenéticamente.

Volvió a oler el aroma ligeramente especiado que había sentido antes. Era su olor. No era un perfume, sino la fragancia de su piel masculina. Su boca se movió de nuevo, pero esa vez fue totalmente distinto. Le metió la lengua en la boca, sin darle tregua alguna.

Leila se estremeció. Una ola de sensaciones desconocidas la invadía. No había concesiones a la inexperiencia. De repente sintió un ligero cosquilleo en el pecho que se propagó por su vientre hasta llegar más abajo. Las emociones que suscitaba su lengua eran abrumadoras. Su boca le apretaba los labios sin contemplaciones. Sentía sus dedos sobre la mejilla, enredados en su cabello. De pronto, sin haberlo decidido, Leila comenzó a devolverle el beso con torpeza, con avidez. El miedo se transformaba en deseo poco a poco.

Quería vivir, experimentar, ser libre. Y lo deseaba tanto... Había pasado muchos años escondida, cohibida, para no despertar la cólera de Gamil, y el sabor de la libertad se le hacía extraño y maravilloso.

Leila se aferró de las solapas de satén de la chaqueta de Joss y se estiró hacia arriba, empujándole hacia atrás y adentrándose más en su boca caliente y aterciopelada. Se apretaba contra él porque necesitaba algo.

Joss Carmody sabía a misterio. Era peligrosamente adictivo.

Una parte de su cerebro sabía que ese era el sabor de un hombre, el tacto de su piel. Sentir su cuerpo duro era lo más excitante que había experimentado en toda su vida. Pero Leila quería más.

A pesar de la intensidad del beso, notó que Joss se retraía. Permanecía inmóvil. Simplemente la besaba y le acariciaba la cabeza. Leila deslizó las manos sobre su pecho, más allá de los latidos constantes de su corazón. Le rozó la piel caliente del cuello, de la mandíbula. Enredó los dedos en su pelo... De repente oyó un gruñido profundo. Era un gruñido de deseo y satisfacción, pero no sabía si provenía de sí misma o de él.

Le rodeó el cuello con los brazos y estiró el cuerpo

contra él. Temblores de placer la sacudían de vez en cuando. Sus pechos se rozaban contra el duro pectoral de Joss, endureciéndole los pezones.

¿Él sentiría el roce?

La idea la excitaba mucho.

El brazo con el que la sujetaba de la cintura subió ligeramente y entonces sintió el calor de la palma de su mano por debajo del abrigo. Unos dedos largos se deslizaban por su espalda, buscando el comienzo de sus pechos.

Leila se tambaleó. Metió los dedos en su cabello copioso y esperó a la siguiente caricia, que sería mucho más intensa esa vez. Joss le masajeó un lado del pecho y entonces descendió hasta su cintura, haciéndola gemir. Se aferró a su cabeza y dio rienda suelta a todo su deseo en un beso arrebatador. Algo comenzaba a latir entre sus piernas.

Él le rodeó la cintura y deslizó la mano sobre su trasero, con los dedos bien abiertos. Tiró de ella y la hizo pegarse a su miembro erecto. Una llamarada de pasión recorrió a Leila por dentro. Incapaz de resistir la tentación, comenzó a frotarse contra él. Era extraordinario.

El beso se volvió decadente. Estaba cargado de promesas.

Joss le sujetó el trasero con fuerza y tiró de ella una vez más. Leila sentía su corazón. Latía al unísono con el suyo propio. De repente sintió sus manos sobre los antebrazos. Abrió la boca y respiró violentamente.

Le miró. Tenía el pelo alborotado y tenía una mancha de carmín en la comisura del labio. Quería volver a probar sus labios, pero entonces levantó la mirada y vio un extraño destello en sus ojos que la hizo retroceder. Se aferró al pasamanos del ascensor. Las piernas ya no la sostenían. Parpadeó rápidamente. El ascensor había dejado de moverse. Habían llegado al sótano sin que nadie se diera cuenta.

Joss sacó su teléfono móvil y le dio la espalda para contestar a una llamada. Leila cerró los ojos un instante y al abrirlos de nuevo se encontró con una camisa blanca, medio abrochada. La pajarita le colgaba del cuello de la camisa, deshecha.

Su esposo... Él era su esposo y la había besado como si el mundo fuera a acabarse al día siguiente, como si nada más importara excepto el deseo que los quemaba por dentro.

—Después de ti.

Leila frunció el ceño y entonces se dio cuenta de que él le sostenía la puerta. Dio un paso adelante y salió, evitando todo contacto físico con él.

Tal y como había esperado desde un principio, Leila destacaba entre la multitud como un diamante auténtico entre baratijas de imitación. Tenía una clase innata.

Trató de seguir la conversación que mantenía con Boris Tevchenko, un inversor importante de un consorcio que tenía intereses en Bakhara, pero era inevitable no reparar en sus labios, que en ese momento esbozaban una sonrisa cortés. Todo era parte de sus encantos sociales.

Boris estaba embelesado, pero Joss no estaba tan

contento como hubiera querido. Leila tenía al ruso en la palma de la mano, pero la idea no le entusiasmaba tanto como había creído inicialmente.

–Entonces, Boris, ¿estás interesado en mis planes para las llanuras de Bakhara?

El hombre se encogió de hombros y volvió a mirar a Leila.

–Posiblemente, aunque ahora mismo me interesa más tu esposa.

La risa de Leila fue sublime y musical. Era la segunda vez que Joss la oía y le volvía loco.

–Boris, te agradezco el cumplido... –se acercó al empresario con complicidad–. Pero eres un hombre de negocios muy astuto. ¿Cómo no te iba a interesar la reserva virgen de petróleo más grande de todo el Medio Oriente?

–¿Cómo no?

Joss se volvió al oír esa voz profunda de barítono. Asad Murat acababa de unirse a la conversación.

Murat, que residía en Londres, era uno de los hombres a los que había ido a ver y también era una de las razones por las que Leila le resultaba tan útil. Su familia estaba emparentada con la de Murat. Todo estaba saliendo a la perfección. Después de todo había merecido la pena asistir al evento.

–Tevchenko. Carmody –el recién llegado saludó con un gesto a los dos hombres y entonces miró a Leila.

Sin embargo, para sorpresa de Joss, no la saludó.

Leila estaba inmóvil. Todo su cuerpo despedía tensión. Murat se volvió hacia Joss.

–¿No crees que quizás te estás excediendo un poco con esta nueva aventura empresarial? Has tenido problemas con las plataformas y también he oído algo acerca de esa mina de oro de África. ¿Te ha dado guerra la mano de obra?

Leila bebió un sorbo de agua mineral con gas. Tenía los labios resecos. Miró a su alrededor. Todo había cambiado nada más aparecer el compinche de su padrastro, pero estaba orgullosa de sí misma por haber sido capaz de mantenerse firme. Murat aprobaba el maltrato de Gamil, pero eso ya formaba parte del pasado.

Solía visitar con frecuencia la mansión de la familia. Gamil y él eran iguales.

Asad Murat no soportaba sentirse ignorado y de vez en cuando la miraba de reojo mientras conversaba con Joss, pero Leila no le iba a dar la satisfacción de verla flaquear, ni tampoco le iba a hablar a Joss del pasado.

Como si pudiera leerle el pensamiento, él la atrajo hacia sí de repente, apretándola contra su cuerpo. Asad Murat la observaba por rabillo del ojo.

Leila sintió náuseas de pronto. Si esa era la clase de hombre con la que se codeaba Joss, no podía bajar la guardia.

–Le diré a la señora Carmody que se ponga al teléfono, señor.

–Entonces está en casa, ¿no?

–Oh, sí, señor –el ama de llaves hizo una pausa–. Siempre está en casa.

Joss abrió la boca para preguntar algo más, pero entonces se dio cuenta de que no le incumbía lo que Leila hacía en su tiempo libre.

Se tiró de la corbata y esperó a que su esposa se pusiera al teléfono.

Su esposa...

Había pasado toda la noche intentando no pensar en ella de esa manera. La deseaba con locura, como nunca había deseado a ninguna otra mujer.

Esa noche debería haberla pasado en su cama. Deberían haber terminado lo que habían empezado con aquel beso en el ascensor.

–¿Joss?

–Leila, me alegro de haberte encontrado en casa.

–¿Sí?

Su voz sonaba desconfiada. ¿Qué había estado haciendo?

–Tengo planes para esta noche y pensé que debía avisarte –hizo una pausa, pero ella no dijo nada–. Vamos a cenar con unos socios y entonces, si todo va bien, tomaremos algo y seguiremos con las negociaciones en el ático. Pensé que te gustaría saberlo para que tengas tiempo de prepararte.

–Tengo que disfrazarme de esposa de magnate, ¿no?

–Bueno, no puedes ponerte nada de lo que tienes en el armario. Quiero que tengas un look sofisticado –Joss hizo otra pausa, pero ella tampoco dijo nada esa vez. Ojalá hubiera podido verle la cara para saber qué estaba pensando–. Ya sabes cómo, supongo...

–Ya te lo dije. No escogí toda esa ropa.

–Sin embargo, no has hecho nada para reemplazarla.

–No tengo dinero.

–¿Qué?

–Me has oído, Joss. He estado esperando a cobrar la primera mensualidad que me tienes que dar.

Joss frunció el ceño.

–He estado fuera. Lo sabes. Muy ocupado. ¿No podías usar tu propio dinero mientras tanto?

–Según el acuerdo que firmé, ese dinero es mío. Me lo gané cuando me casé contigo, ¿recuerdas?

Joss se puso tenso. Hablaba como si fuera un indeseable que tuviera que pagarle a una mujer para que se casara con él. Sin embargo, muchas mujeres hubieran dado lo que fuera por convertirse en «la señora Carmody». Era toda una ironía que la mujer con la que se había casado le considerara un lastre.

–¿De qué te ríes? –la voz de Leila estaba llena de sospecha.

–De nada. Pero no entiendo por qué no te has ido de compras. Puedes hacer lo que quieras en Londres.

–Ya te lo dije. No tengo dinero.

–¡Eso es imposible! –Joss hizo una pausa, pero ella guardaba silencio–. ¿Leila? ¿Cómo es eso posible?

–Heredé tierras, no dinero. Y ahora tú tienes esas tierras, ¿recuerdas?

–¿Y qué pasa con el dinero que ya tenías? Seguro que tenías suficiente para comprar ropa. ¿Leila?

–¿De verdad crees que me hubiera vestido como lo hice anoche si hubiera tenido elección?

Joss se dio cuenta de que hablaba en serio. Quiso decir algo, pero entonces se detuvo.

–Deberías habérmelo dicho.

–No estabas aquí. Podría haber llamado a tu despacho para dejarte un mensaje, pero la idea de tener que explicárselo a otra persona primero no me resultaba...

–Arreglaré el problema ahora mismo –Joss se frotó la mandíbula.

Debería haberle dado su número de teléfono móvil antes de marcharse. El hecho de no estar acostumbrado a vivir en pareja no era una excusa.

–Se pondrán en contacto contigo para darte los datos de tu nueva cuenta.

Joss apretó la mandíbula. No podía seguir evitándolo. Ya era hora de satisfacer la curiosidad que sentía por esa joven misteriosa que se había convertido en su esposa.

Capítulo 7

LEILA caminaba de un lado a otro. Su nuevo vestido tenía una tela fina, satinada. Se le pegaba al cuerpo como un guante, acariciándola de la manera más sensual.

«Sofisticado, chic», le había dicho Joss en ese tono tan brusco. Y después había tenido la desfachatez de preguntarle si se atrevía a llevarlo puesto.

Sus palabras le habían recordado una vez más cuál era el lugar que ocupaba en el mundo. No era más que una muñeca decorativa y conveniente. Se mordió el labio y dio media vuelta.

¿Cómo iba a convencerle de que merecía respeto si no se atrevía a salir del apartamento? La única vez que había salido había sido la noche anterior, con él.

Y después había vuelto a intentarlo, pero nada más pensar en la idea de salir sola unas náuseas violentas se habían apoderado de ella. Apretó los puños y se clavó las uñas en las palmas de las manos. La negra sombra de Gamil aún pesaba sobre ella.

Joss había mantenido su palabra. Media hora después de recibir su llamada ya disponía de efectivo y gracias a eso había podido comprarse el flamante traje que llevaba puesto. Se lo había llevado un *per-*

sonal shopper al que había contratado. El hombre había llegado al ático repentinamente, cargado de prendas despampanantes.

–Leila, estás lista.

Las palabras interrumpieron sus pensamientos.

Joss estaba en el umbral. No sin reticencia, le miró a los ojos y entonces reparó en sus labios, recordando su sabor.

Leila tragó en seco.

–Hola, Joss. ¿Cómo estás?

Durante una fracción de segundo, él permaneció inmóvil, y después entró en la habitación.

–Bien, gracias. ¿Y tú?

–Muy bien –la sonrisa de Leila era superficial–. ¿Te parece lo bastante sofisticado el vestido? –le preguntó finalmente, mirándose el traje.

Él siguió sin decir nada.

Levantando la barbilla, Leila giró sobre sí misma lentamente. El colgante de perlas de su madre le colgaba sobre la espalda descubierta. El vestido tenía un atrevido escote en «V» que caía aún más por detrás.

Él avanzó hacia ella.

–Perfecto –le dijo–. Estás espléndida.

Leila parpadeó y bajó la vista un poco. De repente sentía una extraña tensión en el pecho. Joss esbozó una media sonrisa.

–¿Nos vamos? –le preguntó Leila, agarrando el bolso.

–Después de ti –dijo él, invitándola a salir con un gesto–. He oído que has tenido visita.

Ella se encogió de hombros.

–Contraté a un *personal shopper*.

–Ah –dijo Joss–. Y hace unos días vino un hombre también.

Leila se detuvo en seco y se dio la vuelta.

–¿Tus empleados me espían?

–Claro que no.

–Entonces, ¿cómo sabes que he tenido visitas?

Joss se quedó observándola durante unos segundos que parecieron una eternidad.

–La señora Draycott estaba preocupada –dijo él lentamente–. Me dijo que te habías quedado muy afectada cuando el visitante se había marchado.

La ira de Leila se disipó cuando el aire salió de sus pulmones. No estaba acostumbrada a que nadie se preocupara por ella.

–¿Leila? ¿Quién era?

Leila se sintió tentada de decirle que no era asunto suyo, pero... ¿qué sentido tenía?

–Era un abogado al que le pedí asesoramiento sobre el contrato matrimonial. Y en cuanto a lo de que estaba muy afectada... –se encogió de hombros–. Estaba preocupada. Eso es todo.

No sabía cómo iba a pagar la minuta del abogado, y eso se había convertido en una preocupación más. Si no accedía al dinero al que tenía derecho, iba a verse obligada a vender algunas joyas de su madre.

–Entiendo –dijo Joss, como si quisiera saber más.

¿Pero qué quería saber?

El contrato estaba blindado por los cuatro costados. O lo cumplía o regresaba a Bakhara para quedar sometida una vez más al maltrato de Gamil.

Leila dio media vuelta y echó a andar por el pasillo.

—La señora Draycott también me dijo que no has salido del apartamento.

Leila se puso tensa, pero siguió andando.

—¿Ah, sí?

—Sí —estaba tan cerca que casi podía sentir su aliento cálido en la nuca.

—He pasado unas semanas de mucho ajetreo con los preparativos de la boda. Necesitaba descansar.

—Te vas a enfermar si no sales a tomar el aire.

Leila siguió adelante.

—¿Todavía tienes miedo de que sea anoréxica? ¿O tc han dicho que mi apetito ha ido a mejor últimamente?

Su pregunta recibió un silencio por respuesta.

Leila se dio cuenta de que había acertado. Había estado espiándola. Sin duda querría asegurarse de que su flamante nueva esposa estuviera preparada para cumplir con sus funciones.

Una furia incandescente la sacudió por dentro como un relámpago al tiempo que entraba en el vestíbulo. Sus tacones golpeaban con fuerza el mármol. Creía que era libre por fin, pero se había equivocado. Su jaula bien podía ser muy lujosa, pero no era más que la prisionera de Joss Carmody.

—Ya que tienes tanto interés en saberlo, te diré que he estado usando la piscina interior para hacer ejercicio.

—Te pido disculpas —la voz de Joss sonaba áspera—. Estaba... preocupado.

Leila guardó silencio. Había algo en su voz que no era capaz de descifrar. Era algo que apaciguaba la rabia que crecía dentro de ella. Él apretó el botón de llamada del ascensor. Las puertas se abrieron. Leila contempló la pared del fondo del ascensor durante un segundo y entró antes de arrepentirse. Trató de concentrarse en su propio reflejo y en el de Joss, que estaba parado justo detrás de ella, pero lo que reclamaba su atención era el espacio limitado en el que se encontraban. En cuestión de segundos estaría en la calle.

El pulso se le aceleraba cada vez que respiraba.

—¿Leila? —Joss le sujetó la puerta con una mano.

—¿Sí?

—¿Te encuentras bien?

—Muy bien —contestó ella. Su sonrisa, no obstante, no era más que una mueca rígida.

—No lo pareces.

Unos temblores sacudieron a Leila por dentro. Tenía que hacer acopio de toda su fuerza de voluntad para no sucumbir al miedo.

Con una rapidez que sorprendió a Joss, Leila le agarró del brazo y le arrastró dentro. Sin perder más tiempo, apretó el botón que cerraba la puerta.

Joss reparó en la fina capa de sudor que cubría su frente. Estaba pálida.

Volvió a apretar un botón del panel y el ascensor comenzó a moverse en sentido descendente. Leila no le soltaba. Su mano era como un cepo.

—¿Leila?

—¿Sí?

—Mírame.

Ella no se movió.

–¡Leila!

Ella levantó la cabeza de golpe. Tenía las pupilas tan dilatadas que sus ojos parecían negros.

Joss puso su mano sobre la de ella y la sintió temblar. Tenía miedo... Le sujetó las mejillas con ambas manos.

–Háblame, Leila.

–¿Qué quieres que te diga? –le preguntó, hablando lentamente, como si tuviera problemas para articular las palabras.

–Dime de qué tienes miedo –Joss casi tenía la respuesta, pero quería oírla de sus labios.

–No tengo miedo de nada –le dijo ella, atropellando las palabras. Sus ojos estaban desenfocados y no dejaba de temblar.

De repente Joss recordó el último beso que se habían dado en el ascensor. Entonces no estaba paralizada por el pánico.

–Bésame, Leila –le dijo y se inclinó sobre ella para besarla.

Ella se echó hacia atrás, tambaleándose, pero él la sujetó con fuerza.

–No.

Joss enredó los dedos en su cabello, perfectamente recogido. Se lo soltó y comenzó a acariciarle la cabeza mientras la besaba. Ella permanecía inmóvil... Deslizó la lengua sobre sus labios deliciosos, recordándose que no se trataba de sexo esa vez, sino de calmar su miedo.

De pronto los labios de ella se movieron y una flecha de sensaciones le atravesó por dentro. Pero Joss no se paró a analizarlo. La atrajo hacia sí, rodeándola con un brazo. Apretó la palma de la mano contra su espalda y capturó la perla que colgaba de su espalda y que tanto le había tentado. Tenía la piel fría, pero se le calentaba bajo los dedos. Sentir cómo se acomodaban sus labios a las caricias, cómo se abría su boca con un suspiro cuando metía la lengua en ella, era delicioso y tentador. Sabía a deseo, a una dulce promesa.

El ascensor se detuvo y las puertas se abrieron, pero Joss la atrajo hacia sí. No quería interrumpir el momento. Un dardo de deseo le atravesó por dentro y su abrazo se hizo más posesivo. Sentir su espalda suave bajo las yemas de los dedos era una delicia. Incluso la presión de sus palmas sobre el pecho intensificaba el deseo que sentía por ella. Quería sentir sus dedos sobre la piel, por todo el cuerpo. La apretó con toda su fuerza, pero entonces se dio cuenta de que ella ya no le devolvía el beso.

Empujándole, se soltó de repente.

—¡No me mires así! —exclamó.

Joss levantó la mirada con brusquedad. Se metió las manos en los bolsillos.

—No soy un grifo abierto para darte placer.

Él guardó silencio.

—¿Me has oído?

—Te he oído, Leila —le dijo él, reparando en el pulso que latía con furia en la base de su cuello.

¿Su piel sabría tan bien como sus labios? De repente se moría por averiguarlo, pero la expresión de Leila era una advertencia.

Joss esbozó una sonrisa amarga. Lo que sentía por Leila era más que un deseo momentáneo.

–¿Puedes dejar de mirarme como si...?

–¿Como si quisiera comerte? –le dijo él, terminando la pregunta. Su sonrisa fue feroz.

Leila abrió los ojos. Sus labios se entreabrieron, pero no llegó a decir nada.

–No te recojas el pelo –le dijo él, al ver que intentaba volver a hacerse un moño con movimientos rápidos y bruscos.

–Con este vestido no –le dijo ella, sacudiendo la cabeza. Le dio la espalda y se dispuso a salir al aparcamiento.

Joss se acercó por detrás y la tomó de la mano.

–Por aquí –le dijo, señalando la limusina que les esperaba. Dio un paso adelante, pero ella se mantuvo inmóvil.

¿Acaso no quería ir con él? ¿Estaba tan asustada?

–Puedo caminar sola –le dijo, invitándole a soltarla–. No tienes por qué hacer de marido atento.

–Solo estaba practicando un poco de cara a los invitados que tenemos para la cena –se encogió de hombros–. No estoy acostumbrado a socializarme en pareja. Tengo que hacer las cosas bien.

–De acuerdo –Leila respiró profundamente–. Puedes agarrarme del brazo, pero dejemos algo claro desde el principio. No me gusta que me lleven de aquí para allá como si fuera un florero.

Joss la miró a los ojos.

–Si quieres besos, busca a otra que te complazca.

–¿No te interesan?

–¿Por qué iban a interesarme? Ayer te besé por curiosidad –levantó los hombros con indiferencia–. Eso no quiere decir que quiera repetir.

–¿No?

Podría haberle engañado, pero Joss sabía que había sido algo más que curiosidad lo que la había movido el día anterior.

–No –agarrando su mano con fuerza, Leila salió al enorme espacio subterráneo con la vista fija en el vehículo que les esperaba–. Después de todo, no estaba en el contrato, ¿no?

Capítulo 8

HABÍA oído que tenías tanta suerte como inteligencia. Ahora sé que es verdad.

Joss miró al ruso que estaba a su lado y arqueó las cejas.

–¿En serio?

Tevchenko era uno de los hombres más ricos de toda Europa. El apartamento de Londres de Joss, aunque caro y bien situado, no era nada reseñable para un millonario poseedor de palacios imperiales en su país natal.

–En serio –dijo Tevchenko. Una risotada retumbó en su pecho–. Tu esposa... –añadió, mirando hacia el otro lado de la estancia–. Es una joya sin igual, una rareza difícil de encontrar.

La taza de café que Joss tenía en las manos no llegó a tocar sus labios. Se volvió lentamente. Sabía dónde encontrar a Leila. Ella había entendido que debía entretener a las esposas mientras él hacía negocios.

La miró de arriba abajo. Esa noche se había vestido de una manera discreta. No llevaba la espalda descubierta como la otra vez, pero con ese traje ceñido color aguamarina parecía una ninfa del mar. A su lado las esposas trofeo, con sus vestidos de firma y bronceados falsos, parecían vulgares, aunque llevaran encima todo el producto interior bruto de un país en desarrollo en forma de joyas.

Leila, en cambio, llevaba un único colgante que llamaba la atención sobre sus exquisitos pechos. Joss frunció el ceño. Era el mismo colgante que llevaba siempre. ¿Nunca llevaba nada más?

–¿No estás de acuerdo? –le dijo Tevchenko de repente, hablándole al oído–. Como recién casado, pensaba que tenías muy presentes los valores de tu esposa.

Joss se volvió. La furia creciente le hizo apretar los puños.

–Todo el mundo se encuentra muy a gusto con ella –añadió Tevchenko–. Incluso esas dos gatas que no paraban de pelearse hace un rato –añadió, suspirando–. Con una mujer así a mi lado... –se encogió de hombros y suspiró–. Te lo repito, amigo mío. Eres un hombre con mucha suerte –le dio una palmada en el hombro.

Joss se relajó un poco. Había exagerado algo las cosas.

–Lo sé.

Mientras Joss la observaba, Asad Murat fue hacia ella. Las otras mujeres se dispersaron.

–Discúlpame un momento, Boris –dijo Joss, frunciendo el ceño.

–Claro. Si yo me hubiera casado con una mujer así, nunca la perdería de vista.

Joss se abrió camino entre los grupos de gente. Leila estaba inmóvil, con una copa en la mano, prestándole toda su atención al invitado, pero Joss sabía que algo no iba bien.

Apuró el paso.

—¿Interrumpo?

Murat se sorprendió y dio un paso atrás. Leila se volvió lentamente. Su sonrisa era perfecta, pero el brillo de su mirada confirmaba sus sospechas. Algo iba mal.

Joss la agarró del brazo. Estaba rígida y tenía el pulso muy acelerado.

—En absoluto. Solo estábamos hablando de la importancia de la disciplina.

—¿Disciplina? —Joss frunció el ceño—. ¿Autodisciplina?

Leila sacudió la cabeza.

—La falta de ella en la sociedad moderna.

Joss miró a uno y después al otro, preguntándose qué era lo que había interrumpido.

—¿Por ejemplo?

Al ver que ella no decía nada, Murat tomó la iniciativa.

—La sociedad está llena de bienhechores que sacan ventaja de los débiles y de los más desfavorecidos. No entienden que los fuertes tienen que llevar la batuta en la sociedad, dar ejemplo —hizo una pausa—. Gente como nosotros.

—¿Nosotros? —durante las discusiones preliminares de esa semana había llegado a conocer a Asad Murat lo suficiente como para darse cuenta de que no tenía nada en común con él más allá de sus intereses en el sector petroquímico.

—Líderes. Hombres con una mente fuerte, hombres que no tengan miedo de defender aquello que está bien.

Leila se movió. Se puso más erguida de repente.

–Lo siento –dijo Joss, reparando en los nudillos blancos de su esposa–. No te comprendo bien.

–Un hombre tiene que dirigir bien su casa, pero con mano de hierro –dijo Murat, mirando a Leila–. Y en el comercio también. Mira los problemas que tienes en África con la mano de obra –el magnate expuso su propia teoría sobre cómo manejar la situación. Las soluciones que ofrecía estaban desprovistas de toda apariencia de humanidad.

–Es un enfoque interesante –dijo Joss, mirándole con ojos incrédulos–. Pero no es el mío. En la prensa de mañana verás que la huelga ha terminado. Las condiciones del antiguo dueño de la mina eran arcaicas e infrahumanas. A partir de ahora, se contratará a tantos trabajadores locales como sea posible, después de hacerles un reconocimiento médico exhaustivo. Todos tendrán un nuevo equipamiento y también formación.

Joss hizo una pausa antes de seguir adelante.

–También he puesto sobre la mesa una propuesta de un sistema de incentivos y he preparado un plan para mejorar el acceso a agua potable y la educación de los pueblos de la región.

–¿Estás loco? ¿Y qué pasa con tus beneficios?

Joss miró a los ojos al empresario. ¿Cómo se había engañado pensando que podía llegar a hacer negocios con un tirano semejante?

–Unas condiciones buenas de trabajo y el respeto por los empleados mejoran la productividad –esbozó una sonrisa y le enseñó los dientes–. Te recomiendo que lo pruebes antes de que no tengas más remedio que hacerlo –hizo una pausa–. Son matones los que no respetan los derechos de otros.

Murat resopló y masculló algo antes de alejarse. Joss ni se molestó en despedirse.

–¿Lo decías en serio? –le preguntó Leila, mirándole a los ojos.

–Claro. Por culpa de la gente como él la minería tiene muy mala fama. Un día habrá un desastre en alguna de sus minas, un desastre que podría haberse prevenido –Joss se detuvo un momento–. Sé que es amigo de tu familia, pero hay un límite...

–¡No es amigo mío! He pasado los últimos cinco minutos apretando los dientes para no decirle que se marche y no vuelva nunca más por aquí. Pensaba que era una pieza importante para tus negocios.

–Nadie es imprescindible, Leila, y él menos que nadie. No voy a hacer negocios con alguien así.

Joss la agarró de la mano.

–¿Qué te ha dicho?

–Nada importante –Leila apartó la mirada y Joss supo que le estaba mintiendo.

–Leila –la sujetó de la barbilla y la hizo levantar la vista–. ¿Qué te ha dicho?

–No merece la pena repetirlo. En serio –Leila ladeó la cabeza y le miró a los ojos, como si tratara de descifrar un código–. ¿Era cierto todo lo que dijiste? ¿Lo de los planes para la mina?

–Sí. El acuerdo se ha cerrado hoy.

La expresión de Leila se transformó de repente.

–¿Por qué te importa tanto?

—Porque me importa —sus labios se curvaron de forma casi imperceptible, pero su sonrisa no pasó inadvertida para Joss.

Era como un amanecer en el desierto.

Horas más tarde, mientras Joss cerraba la puerta tras haber despedido al último invitado, Leila sintió el cansancio en los hombros. Había sido una tarde agotadora. Era agradable conocer a gente, pero estaba fuera de forma.

Se frotó los brazos, recordando a Murat. La mirada del empresario había sido feroz mientras la acorralaba.

—Estoy cansada —le dijo a Joss por encima del hombro—. Me voy a la cama. Buenas noches —añadió y echó a andar.

—Todavía no, Leila. Tenemos que hablar.

Al volverse, Leila vio su expresión decidida y testaruda. Era la misma que tenía cuando le había preguntado por Murat. ¿Acaso no podía dejar atrás el asunto?

—Lo siento, Joss. Estoy exhausta. Podemos hablar mañana —le dijo y siguió andando por el pasillo, rumbo a su dormitorio.

Cuando llegó a la puerta, no obstante, sintió unos dedos alrededor del codo. Se volvió hacia él. Un calor intenso le abrasaba las mejillas.

—No hemos terminado de hablar.

Leila arqueó las cejas.

—Ya te dije que estoy muy cansada. Podemos hablar por la mañana —le repitió, mirándole a los ojos y conteniendo el aliento. Quería que la soltara, que no invadiera su espacio.

—¿De qué tienes miedo, Leila? Puedes contármelo.

—No tengo miedo.

—¿No? ¿Ni siquiera de nuestro invitado, Murat?

—¿De él? —Leila esbozó una sonrisa sarcástica—. Es un hombre horrible, pero no me da miedo.

Joss continuó mirándola.

—Si no tienes miedo de Murat, ¿de qué te escondes?

—No me escondo. La imaginación te está jugando una mala pasada —le dijo Leila, intentando desviar la atención de sí misma. Tiró de la mano, pero él siguió sujetándola.

—Si no te estás escondiendo y no tienes miedo, entonces no te importará ir a dar un paseo conmigo por el jardín de la azotea.

Leila sintió un frío mortal en la piel.

—La vista del Támesis es excelente y el aroma a flores por la noche es pura magia —la observó con atención—. Así respiramos algo de aire fresco —hizo una pausa—. Imagino que todavía no ha subido. Déjame enseñarte el sitio. La sensación de espacio abierto y de infinito es extraordinaria.

Leila se mordió el labio. Espacio abierto e infinito... Se estremeció al recordar cómo se había mareado aquel día en el aeropuerto al salir al exterior.

—Si es tan importante para ti... enséñame tu jardín de la azotea —dio media vuelta, decidida a terminar con aquello lo antes posible.

—Por aquí —le dijo él.

Abrió una puerta y la condujo a lo largo de una

amplia habitación hasta llegar a unos enormes ventanales. Al otro lado se veían varios árboles y una pérgola. El resplandor de una pequeña cascada caía en un estanque.

El corazón de Leila se aceleró cuando miró más allá, hacia el cielo, que parecía recoger y capturar las luces de la ciudad. Se imaginó a sí misma, allí de pie, bajo el peso de esa inmensidad, y entonces tropezó.

Joss la sujetó con fuerza. Su pecho vibraba con los latidos de su corazón.

Leila respiró profundamente al tiempo que él abría la puerta. Una ráfaga de aire fresco le acarició la cara, poniéndole la piel de gallina. A lo lejos se oía la sirena de una ambulancia. Apretando los dientes, Leila se apartó de Joss y dio un paso hacia el umbral. Se detuvo un instante y se agarró de la puerta.

–¡Mujer cabezona! –las palabras de Joss fueron un gruñido en su oído. La agarró de la cintura de repente y la atrajo hacia sí.

Ella se volvió.

–¿Qué quieres de mí, Joss? Ya te dije que no tengo miedo.

–¿No? Estás aterrada, Leila.

Leila se puso erguida, decidida a esconder las debilidades.

–¿Por qué voy a estar aterrada?

–Por esto –le dijo y entonces la besó.

Esa vez sus labios se estrellaron contra ella. Su beso era apasionado, desesperado. La rabia y el miedo se habían transformado en un instinto animal. Las rodillas empezaron a fallarle, así que se aferró a sus hombros con ambas manos.

–No tengo miedo –susurró contra los labios de Joss.

–Pues deberías tenerlo –él la atrajo hacia sí. La levantó un poco y sus cuerpos quedaron perfectamente alineados. Sus dedos se abrían sobre el trasero de Leila, sujetándola mientras la besaba en el cuello–. Haces que quiera perder el control.

Leila arqueó el cuello. Esos besos breves y contundentes la ponían inquieta. Sentía un calor repentino por todo el cuerpo, y temblaba por ello. Sin embargo, buscaba la calidez de su piel como si le fuera la vida en ello.

Enredó las manos en el cabello de Joss y le sujetó la cabeza a medida que él bajaba, siguiendo la línea de su collar con las yemas de los dedos hasta llegar a su escote.

Un deseo líquido y caliente se acumulaba dentro de Leila, sorprendiéndola. No era él quien perdía el control, sino ella. Joss descendió un poco más y la lamió entre los pechos hasta llegar al colgante de la perla. Volvió a hacerlo una segunda vez, pero esa vez recorrió el borde superior del corpiño, pasando por encima de sus pechos. Leila contuvo el aliento.

–No has perdido el control, en absoluto –le susurró.

Él levantó la mirada y Leila tragó en seco, observándole mientras deslizaba la lengua sobre la curva de su pecho. Jamás había experimentado nada tan erótico.

–¿Quieres verme perder el control? –le preguntó, lamiéndola de nuevo por encima del vestido hasta localizar uno de sus pezones.

La mordió suavemente.

Leila le clavó las yemas de los dedos en la cabeza. Todo su cuerpo saltaba de placer y un gemido escapó de sus labios. Quería sentir sus caricias. Las necesitaba.

–No quieres tener sexo con tu esposa. ¡Me lo dijiste! –Leila trató de poner en orden sus pensamientos.

Lo que estaba ocurriendo no podía ser real. Él la sujetaba con tanta fuerza que era imposible escabullirse. Sentía la dureza de su erección contra el abdomen.

–Oh, créeme cuando te digo que sí quiero –Joss terminó la frase en un tono solemne, como si estuviera repitiendo los votos matrimoniales que había pronunciado unas semanas antes.

–No está en nuestro acuerdo.

–Da igual el acuerdo –le dijo él, volviendo a besarla en el cuello y tocándole un pecho.

La hizo incorporarse como si fuera un peso pluma y la apartó de la puerta. Unos segundos más tarde, Leila sintió un colchón suave bajo la espalda. Joss estaba sobre ella, aplastándola. Durante una fracción de segundo, algo parecido al pánico se apoderó de ella. Gracias a su fuerza superior la tenía prisionera, cautiva. De repente retrocedió. Con una mano le acarició el cabello y deslizó la otra sobre sus labios.

–Podemos cambiar el contrato, Leila –le dijo al oído–. Te deseo. Y tú me deseas a mí. Es muy sencillo.

–¿Cómo sabes que yo te deseo? –le preguntó ella, poniéndole la palma de la mano sobre el pecho. Empujó hasta que él levantó la cabeza.

Las sombras oscuras realzaban la dureza de sus facciones, su fuerza y su arrogancia. Los ojos le brillaban de deseo. Era como si anticipara lo que iba a ocurrir.

Leila tragó con dificultad. La ansiedad hacía estragos en su interior.

Contempló sus labios carnosos. Había una mueca de dolor en ellos... Respiraba de forma irregular, al igual que ella. Le costaba mantener el control.

–¿Tú no? –sus palabras eran directas, pero sus caricias eran otra cosa. Le tocaba la mejilla con un dedo para después rozar sus labios entreabiertos.

Leila se estremecía con tanta ternura. Él respiró hasta llenarse los pulmones.

–No hay nada malo en sentir deseo, Leila. Es algo simple, una necesidad física sencilla –esbozó una sonrisa tensa–. No puedes negar que eso existe entre nosotros. No tiene por qué cambiar nada más –volvió a rozarle los labios.

Leila sintió que algo crecía en su interior.

–¿Por qué no lo aceptas? ¿Por qué no lo disfrutas? No desaparecerá, por mucho que intentes esconderlo. No desaparecerá hasta que hayamos saciado esa sed.

Leila intentó recuperar el control de sus pensamientos, pero las caricias de Joss, su aliento sobre el rostro y su aroma masculino la alejaban de la cordura.

–Disfrútalo mientras puedas, Leila. Y sigue adelante.

Leila levantó la vista y contempló esos ojos oscuros que lo sabían todo. Le rozó la mandíbula con las yemas de los dedos. Su barba incipiente la pinchaba. De repente era un extraño, desconocido, rabiosamente atractivo.

Enredó los dedos en su cabello y tiró de él.

Capítulo 9

JOSS no sabía qué había hecho para tener a Leila en su cama. No lo merecía, pero allí estaba ella. Y era tan distinta a todas las demás... Lo que ocurría entre ellos era diferente, más intenso que todo lo que había vivido en su vida. Cada roce, cada mirada que compartía con ella, atravesaba todas esas capas de falsa familiaridad que se habían acumulado a lo largo de los años, tras haber compartido cama con muchas amantes fáciles.

Pero ella no era fácil. Lo que sentía en ese momento era una emoción cruda, dura, desconocida. Una pasión arrolladora se alojaba en su garganta y le impedía respirar mientras le quitaba el vestido y descubría a la mujer que había acaparado sus pensamientos.

Su esposa.

¿Era por eso que todo resultaba tan profundo?

Joss sacudió la cabeza. No quería poseerla. Solo quería tenerla en sus brazos durante un tiempo, encontrar ese placer mutuo que le había eludido durante semanas. No tenía interés en tener una pareja de por vida.

Con manos temblorosas se desabrochó la camisa y entonces la miró de arriba abajo. Solo llevaba unas braguitas color crema y un sujetador a juego. Se había equivocado al pensar que tenía problemas de anorexia. Era delgada, pero voluptuosa allí donde era necesario.

El corazón de Joss latió con fuerza.

—Suéltate el pelo —le dijo, quitándose la chaqueta y la camisa al mismo tiempo. Incluso el roce del aire sobre su torso desnudo resultaba áspero sobre la piel excitada.

¿Cómo sería cuando ella comenzara a acariciarle?

La mirada de Joss recayó en sus labios al tiempo que Leila intentaba desabrocharse el collar. La imaginaba besándole la piel y su cuerpo se contraía de deseo.

Ella dejó el colgante sobre la mesita de noche y entonces le miró a los ojos, recordándole así que debía protegerse. Joss se incorporó bruscamente y esbozó una sonrisa pícara.

—Un momento, cielo —se puso de pie y la besó en el vientre.

Su sabor era adictivo y su aroma aceleraba la sangre que le corría por las venas. Se detuvo un instante, le rodeó el ombligo con la lengua y comenzó a morderla suavemente. Al llegar al borde de sus braguitas no pudo resistirse a tocar su sexo a través del fino tejido. Estaba caliente y húmeda y empujaba contra la palma de su mano con urgencia.

—Muy pronto —le prometió, dándole un beso allí donde había estado su mano.

Joss se despojó del resto de la ropa y buscó el preservativo con manos temblorosas. Cuando se volvió, ella estaba tumbada sobre la cama, con el pelo extendido alrededor del rostro. Sus ojos parecían enormes a la luz de la luna. Su mirada descendió y entonces volvió a subir, desencadenando así una descarga de deseo que le volvía loco. Ya no podía esperar más.

Estaba tan impaciente que casi estuvo a punto de arrancarle las braguitas del cuerpo.

—Eres más hermosa de lo que imaginaba —le dijo, contemplando su desnudez.

No era capaz de reconocer su propia voz, ronca de deseo.

Leila sacudió la cabeza. Le agarró de los hombros y le hizo tumbarse sobre su cuerpo y sus rizos de seda. Los sentidos de Joss se rebelaban. Cada caricia de su aliento acentuaba la tensión y cuando deslizó las manos sobre su cuerpo...

—Sí, así —dijo con un gruñido. Su voz era un mero susurro—. Tócame.

Le estaba llevando al cielo, o más bien al purgatorio con esas caricias que terminaban demasiado pronto. Sus dedos exploraban tentativamente, le agarraban y entonces le soltaban.

Joss se movió a un lado y aprovechó la oportunidad para meterse entre sus piernas. Le agarró una mano y la colocó alrededor de su miembro erecto, poniendo su propia mano encima.

Ella dejó escapar el aire de manera casi imperceptible. El roce de la mano sobre su erección era muy difícil de soportar para Joss. De repente deslizó las manos hacia arriba, explorando, buscando algo. Joss la mantuvo inmóvil y entonces la guio más abajo, apretando los dientes para contener las ganas que tenía de empujar y frotarse contra su mano.

«Demasiado pronto», se dijo Joss, apretando los músculos de las caderas.

–Más tarde –le susurró, apartándole la mano y dándole un beso en la palma.

Ella se estremeció al sentir su lengua en la yema del dedo.

–Dime lo que te gusta, Leila.

Se inclinó sobre ella y probó el sabor de sus pechos, haciéndola suspirar. Sopló sobre uno de sus pezones duros y vio cómo se encogía para él.

–Dime.

Ella enredó los dedos en su pelo y le sujetó como si no quisiera dejarle escapar.

–Sí. Eso. Me gusta eso.

–¿Y esto? –Joss se volvió hacia su otro pecho. La lamió con la lengua y esperó.

–¡Sí! –Leila se movió con inquietud debajo de él. Trataba de arrastrarle hasta sus pechos con las manos.

–Dilo, Leila.

Los ojos de ella resplandecieron en la oscuridad.

–Bésame ahí. Por favor, Joss.

Él la recompensó con un beso y entonces abrió la boca para chuparla con fuerza. Ella se retorcía bajo su cuerpo. Le acarició el cuello, la piel tersa que le cubría las costillas, la curva del hueso de la cadera. Las palabras de Leila eran música para sus oídos.

–Sí. Ahí. Así. ¡Por favor!

Cada caricia suscitaba un suspiro en ella. Desencadenaba una onda de placer que la hacía vibrar. Para cuando llegó a su abdomen, Joss ya se había dado cuenta de que nunca antes había estado tan excitado. Bajó la mano hasta llegar a sus rizos femeninos y ella se arqueó contra él.

El juego podía esperar. Joss ya no aguantaba más. La hizo entreabrir los muslos un poco más y la agarró de las nalgas.

–¿Sí? –le preguntó, deteniéndose.

–Sí –susurró ella.

Unos segundos más tarde estaba dentro de ella, moviéndose en su interior, dejándose envolver por su calidez. Sentía cosquillas en la piel mientras se dejaba embargar por ese frenesí, ese placer inconcebible del que disfrutaba junto a ella. Los dedos de Leila sobre sus hombros dejaban una huella de dolor que no hacía sino enfatizar ese placer tan exquisito. ¿Sería así para ella también?

Respirando profundamente, abrió los ojos y bajó la vista. Ella se mordía el labio inferior. Tenía los ojos cerrados y el ceño fruncido, como si sintiera... dolor.

–¿Leila?

Ella no le escuchó. Estaba perdida en su mundo. Joss se retiró y volvió a entrar en ella de forma tentativa. Sus pechos se movían arriba y abajo. De forma automática abarcó uno de ellos con la mano.

Volvió a moverse y la tensión que contraía su hermoso rostro se disipó. Entreabrió los labios y su boca formó una «O» de sorpresa.

Joss había tomado un buen ritmo a esas alturas. Al principio había ido despacio, para poder observarla y ver cómo abría los ojos, pero con cada movimiento la tensión crecía rápidamente. No se movía con brusquedad, no obstante. No quería precipitar las cosas. Ella se agarró con fuerza y comenzó a respirar con dificultad, como si la embestida del placer la tomara por sorpresa. Se estremeció a su alrededor. Sus movimientos la sacudían de arriba abajo mientras el éxtasis más absoluto la consumía. No dejaba de mirarle a los ojos, como si tuviera miedo de perderle.

Joss sintió que llegaba al borde del precipicio y se dejó llevar por fin, derramándose dentro de ella con un grito de júbilo que quebraba la quietud de la noche.

Cuando volvió en sí estaba sobre ella, aplastándola contra la cama. Su mente aturdida buscó un remanente de cordura. Rodó hacia un lado, llevándosela consigo. Su cabello suave se deslizó entre ellos, haciéndole temblar de nuevo. Era imposible saciarse con ella.

—¿Leila? —le apretó el hombro.

—¿Umm? —Leila se acurrucó contra él, henchida de placer.

Joss sonrió. Sus dudas se habían desvanecido.

—Nada —le acarició la nuca y deslizó las yemas de los dedos sobre su cabello. Recorrió la curva de su espalda, de su trasero...

Un calor repentino se propagó por sus caderas. La reacción era muy rápida con ella.

Joss esbozó una sonrisa. Leila podía matarle con ese cuerpo exquisito y tentador, pero esa sin duda debía de ser la mejor manera de morir.

Retrocedió con cuidado, apretando los dientes para no sucumbir a esas sensaciones. Se levantó de la cama y tomó una sábana para taparla.

Fue al servicio y encendió la luz. Estaba contento, silbaba de alegría ante la idea de volver a vivir lo que acababa de experimentar junto a Leila. De repente, al bajar la vista para quitarse el preservativo, vio una mancha de sangre.

El entusiasmo se desvaneció de golpe. Joss dejó escapar el aliento.

Al sentirle levantarse de la cama, Leila despertó de la ensoñación en la que se encontraba. Su cuerpo seguía vibrando de placer. Creía haberlo previsto todo, pero nada hubiera podido prepararla para la experiencia de hacer el amor con Joss Carmody.

La puerta del cuarto de baño se abrió y Joss volvió a entrar en la habitación, iluminado por un único rayo de luz.

Leila tragó con dificultad y se dijo a sí misma que era normal comérselo con los ojos. Seguramente sería la última vez que le vería así... El corazón le dio un vuelco.

Él entró en la estancia y se detuvo ante ella, atravesándola con la mirada. Leila sintió un rubor repentino en las mejillas.

—Buenas noches, Joss.

—¿Buenas noches?

—Dijiste que no dormías con tus... con mujeres... así que te doy las buenas noches.

Esbozó una sonrisa plástica y atusó un poco la almohada antes de acostarse de nuevo.

Él no se movió. Con el ceño fruncido, Leila se enfrentó a su mirada. La observaba como si fuera la primera vez.

—¿Qué sucede?

Él sacudió la cabeza.

–Nada, pero... –hizo una pausa.

De repente pareció algo incómodo.

–¿Cómo estás? ¿Te encuentras bien?

Leila se preguntó si lo sabía y un ardor intenso cubrió sus mejillas. A lo mejor la estaba comparando con el resto de mujeres con las que había estado, y sin duda la encontraría deficiente en todo.

–Nunca he estado mejor... De verdad, no quiero hablar más. Buenas noches.

Se hizo el silencio.

–Hay un problema... Estás en mi cama –le dijo él por fin.

Leila abrió los ojos de golpe y miró a su alrededor. Era cierto. Había pasado por alto un detalle muy importante. Se agarró a las sábanas un instante. La tensión la asediaba. Tendría que levantarse de la cama y recoger su ropa bajo el intenso escrutinio de Joss Carmody. Respiró profundamente y se movió hacia el borde de la cama.

–Me voy.

Antes de que pudiera levantarse, Joss le quitó la sábana de las manos y se metió en la cama. Leila se apartó de manera instintiva.

–¿Qué haces?

–Me acuesto a tu lado.

–Pero... tú no duermes...

–Pensaba que no querías hablar. Pero si prefieres hablar... –se apoyó en un codo y la observó, expectante.

–¡No!

–Entonces cierra los ojos y duérmete.

Leila quería quedarse. Era una locura, pero aún no estaba preparada para alejarse de él. El filo del miedo la cortó por dentro. De repente tenía un presentimiento. Se avecinaban problemas.

Se apartó de él en silencio y se tapó hasta los hombros con la sábana. Durante unos minutos permaneció totalmente inmóvil, escuchando el silencio. Joss no decía nada, así que finalmente pudo relajarse un poco.

De repente sintió un brazo alrededor de la cintura que la atraía hacia él.

—¿Qué...?

—Calla —le dijo él, acomodándola contra su cuerpo, rodeándola.

El fino vello de sus piernas le hacía cosquillas en las pantorrillas y su pecho subía y bajaba una y otra vez, rozándole la espalda.

Una emoción arrolladora creció dentro de Leila. De pronto era consciente de que estaban lo bastante cerca como para...

—Creo que esto no es buena idea —trató de apartarse, pero su brazo alrededor de la cintura no la dejó.

Cuando habló sus labios estaban sobre el cabello de Leila. Su aliento le calentaba el oído.

—Relájate, Leila. No te preocupes. No espero repetir esta noche.

La dureza que Leila sentía contra la espalda decía otra cosa, pero su comentario tampoco era un alivio. ¿Por qué no la deseaba más? ¿Había sido tan poco satisfactorio? Leila parpadeó. Tenía los ojos secos, rígidos.

¿Había sido un error sucumbir a lo que sentía por Joss? ¿Había complicado aún más la difícil situación en la que se encontraba?

–Relájate, Leila. Duerme.

Capítulo 10

JOSS metió la llave en la cerradura de la puerta que daba acceso a su ascensor privado y esperó con impaciencia a que bajara.

Había salido de la oficina tras haber tenido una única reunión. Había reprogramado toda su agenda para poder volver a la casa lo más pronto posible. Su mente estaba llena de imágenes de ella, dormida en la cama... Un gruñido de placer escapó de sus labios. Ella era el problema, el motivo por el que había acortado su jornada de trabajo.

Un ruido le sacó de sus pensamientos y entonces se dio cuenta de que llevaba unos segundos contemplando la puerta abierta del ascensor. ¿Cuánto tiempo llevaba ahí, esperando por él?

Apretando la mandíbula, presionó el botón que llevaba al último piso. Las puertas se abrieron unos segundos después y Joss salió al recibidor.

Al entrar en el salón principal se detuvo. Todo parecía... distinto. El diseñador de interiores al que había contratado había decorado la casa en tonos grises y negros, pero de repente parecía que todo tenía más color.

Su mirada recayó en unas flores de colores brillantes y en unos cojines de color naranja oscuro que estaban sobre el sofá minimalista. También había una alfombra en la que apenas había reparado hasta ese momento, de colores variados. Sobre el brazo de una butaca había un libro, boca abajo. Fue hacia allí y lo recogió. Era la biografía de un político, recientemente publicada. Debajo había un periódico abierto en la sección de planes de estudios universitarios y también una llamativa revista de jardinería.

Joss lo dejó todo como estaba rápidamente. De repente se sentía como un espía, invadiendo su privacidad. Miró a su alrededor y entonces comprendió qué había cambiado. El apartamento se había convertido en un hogar de la noche a la mañana.

Se quedó allí de pie unos segundos, asimilando esa extraña idea. Nunca había tenido un hogar, en el sentido usual de la palabra. Viajaba demasiado como para poder tener uno, y de niño... Los sitios en los que había vivido de niño nunca le habían hecho sentirse bienvenido, tal y como acababa de ocurrir.

Joss volvió a mirar a su alrededor, tratando de autoconvencerse de que unos pocos adornos no suponían mucha diferencia. Dio media vuelta y fue a buscar a su esposa. La cama estaba perfectamente hecha, como si nada de lo ocurrido la noche anterior hubiera tenido lugar. Leila no estaba por ninguna parte.

De pronto oyó algo de movimiento en el exterior y se acercó a las puertas deslizantes de cristal. Ella estaba bajo la pérgola, con unos vaqueros ceñidos y una camisa rojo escarlata. Llevaba el pelo suelto y le llegaba hasta la cintura.

Fue a saludarla. Leila se puso en pie, con la cabeza ligeramente inclinada hacia abajo, asiendo el respaldo de una silla. Joss apuró el paso. Era la primera vez que la veía salir.

—¿Leila? —se detuvo detrás de ella.

—Joss —ella se puso erguida, pero no se volvió.

—¿Qué haces? —Joss frunció el ceño.

Ella se rio.

—Tomo el aire fresco.

Joss se acercó más. Ella parecía tensa.

—¿Cuánto tiempo llevas aquí fuera?

—Nueve minutos.

Joss miró por encima de su hombro y se dio cuenta de que estaba mirando el reloj, como si estuviera cronometrándose. Tenía los nudillos blancos.

Le acarició el cabello. Una mezcla turbulenta de rabia y ansiedad le invadía por dentro.

—Vamos. Entra —se acercó más a ella y se inclinó para tomarla en brazos.

—¡No! —ella se volvió—. ¿Por qué piensas siempre que necesito que me lleven? Puedo caminar.

Antes de que pudiera detenerla, echó a andar y pasó por su lado. Se movía como un autómata. Sus movimientos eran bruscos y torpes, pero caminaba. Joss quiso ayudarla, pero finalmente se lo pensó mejor y decidió ir tras ella.

Leila se detuvo al entrar en la habitación. Respiraba profundamente. Joss cerró la puerta.

—¿Me lo vas a contar?

—No hay nada que contar.

—¿Por qué no me dijiste que eras virgen?

—¿Por qué? ¿Para que pudieras bajar tus expectativas?

Joss la miró, sorprendido, y entonces dejó escapar una carcajada.

–¿Qué es tan divertido?

Joss sacudió la cabeza y la tomó de la mano. Ella trató de soltarse, pero no la dejó.

–Podrías haberme dicho que iba a tener la experiencia sexual más increíble de toda mi vida –le dijo, acariciándole la muñeca.

–No tienes por qué fingir.

–No tienes ni idea de verdad, ¿no? –le preguntó, acercándose del todo.

Leila se mantuvo en su sitio. Levantó la barbilla y le hizo frente.

–Lo que compartimos, Leila, fue... espectacular, memorable.

Era por eso que apenas había podido concentrarse en toda la mañana. Deslizó un dedo desde la palma de su mano hasta el final de su antebrazo. Vio cómo se dilataban sus ojos.

–Sí. Se te da muy bien el sexo.

–No, Leila. Se nos da bien juntos, a los dos. La química es... explosiva –hizo una pausa–. Solo hubiera querido saber que era tu primera vez. Me lo habría tomado todo con más calma y te habría puesto las cosas más fáciles.

Leila apartó la mirada.

–No había necesidad. Yo... también lo disfruté.

Joss aguantó las ganas de reírse. La había visto tener el orgasmo más increíble, había vibrado con ella hasta el final y había visto el brillo del éxtasis en su mirada. Lo que habían compartido era algo más que eso.

—Me alegro —le dijo, tocándole la mejilla—. Será mejor la próxima vez.

—¿La próxima vez? Dijiste que lo hacíamos para quitarnos el deseo, que lo íbamos a disfrutar y que después seguiríamos nuestro camino.

Joss respiró profundamente. Era sorprendente que fuera tan ingenua en las cosas de los hombres y las mujeres, pero él iba a enseñarle todo lo que necesitaba saber.

Con la otra mano la agarró de la cintura y tiró de ella para hacerla sentir su excitación. Leila se sorprendió.

—Y vamos a seguir nuestro camino —le dijo y entonces la besó en el cuello—. Después de habernos desquitado bien —le dio un beso detrás de la oreja.

Ella levantó las manos y las puso sobre su pecho, sintiendo su corazón.

—Pero llevará algo de tiempo llegar a ese punto —añadió Joss.

—Entiendo —sus palabras fueron un suave suspiro.

Deslizó las manos a lo largo de sus hombros, haciéndole sonreír.

—Hasta que lleguemos a ese punto te sugiero que lo disfrutemos.

Leila se echó hacia atrás en sus brazos y le observó atentamente.

—¿Pero sin compromisos? —dijo de repente.

Joss frunció el ceño. ¿Era ella quien le pedía una relación sin compromisos en esa ocasión? Normalmente era él quien tenía que insistir para conservar su independencia.

—Por supuesto —le dijo. Sus labios estaban a un milímetro de los de ella—. Nos daremos placer y ya está.

Después de todo, no conocía otra manera de hacer las cosas.

«Y ya está...».

Las palabras de Joss resonaron en el pensamiento de Leila. Nada era tan sencillo con Joss Carmody.

Estaba tumbada debajo de él. Respiraba con dificultad y aún vibraba después del frenesí sexual. De repente, supo con certeza que el sexo había complicado las cosas entre ellos. Pero no podía arrepentirse de nada. Joss se había convertido en una pieza fundamental en su vida, y eso la asustaba. No podía permitirse necesitar a nadie, y mucho menos al hombre que la había escogido por el beneficio empresarial que podía sacar de ella.

–Vuelvo enseguida –murmuró él y se apartó.

Se dirigió al cuarto de baño.

Leila suspiró. Se dijo a sí misma que lo que sentía era alivio, no arrepentimiento. Sin embargo, sus manos estaban vacías sin él y la cama estaba fría.

Molesta consigo misma, se apartó. Se había dejado deslumbrar por Joss Carmody y se sentía halagada siendo el centro de toda su atención. La hacía sentir como si no hubiera más mujeres en el mundo, como si fuera la única importante. Durante una fracción de segundo había sentido algo tan profundo que resultaba difícil de creer que no fuera real y permanente.

La cama se movió cuando él volvió a acostarse. La abrazó.

Leila se puso tensa. Debía apartarse, pero su cuerpo

no la obedecía. Se acurrucaba contra su hombro y buscaba el contacto con él.

–¿Me lo vas a decir ahora?

–¿Decirte qué? –Leila contuvo el aliento. Sentía el roce de sus dedos a lo largo de las costillas, sobre los pechos...

–Lo del jardín de la azotea. Lo que estabas haciendo, cronometrándote.

–Dijiste que todo sería sin compromisos. No tengo por qué contestar a tus preguntas.

–No. No tienes por qué, pero yo... –Joss hizo una pausa–. Estoy preocupado por ti.

–No tienes por qué preocuparte. Estoy bien.

–No has contestado a mi pregunta.

Leila se apoyó contra su pecho y trató de incorporarse, pero él la rodeaba con el brazo, sujetándola con fuerza.

–¿Por qué tengo que contártelo? Tú nunca me dices nada de ti.

–Muy bien. Contéstame a una pregunta y yo contestaré a una de las tuyas –le dijo, acariciándole la curva inferior del pecho.

–Dime por qué Murat te gusta tan poco.

La pregunta la tomó por sorpresa. Esperaba que le preguntara acerca de su miedo a salir al exterior.

–¿Y después contestarás a mi pregunta?

–Te lo prometo –le dijo, deslizando la yema del dedo sobre uno de sus pechos. Cuando terminó comenzó a moverse alrededor del pezón, despertando todas sus terminaciones nerviosas.

Leila le agarró la mano y la sujetó contra su cintura.

–No me gusta Murat porque me recuerda a mi padrastro. Son iguales y los desprecio a los dos.

Joss guardó silencio.

Leila respiraba con dificultad y asía su mano como si le fuera la vida en ello. La levantó, pero al no tener dónde ponerla, la puso sobre su pecho.

–¿Por qué quieres un acuerdo de negocios en vez de tener un matrimonio de verdad? ¿Por qué quieres una esposa para enseñar y no una de verdad? ¿Y por qué no quieres niños ni familia? La mayoría de la gente quiere amor, niños, pertenecer a algo –hizo una pausa. De repente se dio cuenta de que le estaba pidiendo mucho.

–Recuérdame que me lo piense mejor la próxima vez que quiera negociar contigo.

–¿No me lo vas a decir? Yo te lo he dicho todo, ¿no?

–¿Cómo puedes querer algo que no conoces, que no has visto nunca? Sé que hay gente que dice que su vida en familia es maravillosa, pero sospecho que exageran –respiró profundamente–. No soy tan estúpido como para ponerme en una situación vulnerable en la que una mujer tenga el poder de hacerme quedar como un idiota cuando me dé cuenta de que no estamos hechos el uno para el otro –se encogió de hombros–. Aunque eso no pasaría. Ninguna mujer me ha hecho considerar la posibilidad de tener una relación a largo plazo.

Leila asimiló lo que acababa de decirle.

–¿Tienes miedo de confiar?

Joss le apretó la mano.

–No tengo miedo. Simplemente tengo mis dudas.

—Porque no te fías de las mujeres, ¿no?

Joss Carmody no era un misógino, así que su actitud la sorprendía.

—Porque he visto lo destructivas que pueden llegar a ser las familias, sobre todo para los niños —su voz sonaba oscura, desesperanzada—. No tienes que sentir pena por mí, Leila —le dijo, acariciándole la nuca como si no quisiera que se alejara nunca de él.

Ella respiró profundamente, aspiró su fragancia masculina, intrigante.

—Lo sé... Siento que tu infancia haya sido difícil.

—¿La tuya no lo fue?

Ella sacudió la cabeza.

—Oh, no. Yo tuve mucho amor, alegría, risas. Mis padres se adoraban y me hicieron sentir especial todos los días de mi vida. Fui muy afortunada.

—Sí. Mi recuerdo más antiguo de la infancia es uno de mi madre, gritando y rompiendo la vajilla.

—¿Era violenta? —le preguntó Leila, acercándose.

—Solo con las cosas que podían romperse. Mi madre recurría al drama cuando no conseguía lo que quería. Como sus expectativas eran más altas que sus ingresos y que su vanidad, eso ocurría a menudo. Mi padre, por el contrario, estaba especializado en poner distancia para mostrar su desaprobación. Solo le hacían falta unas pocas palabras para poner a alguien en su sitio —Joss hizo una pausa—. Mi madre era muy apasionada y mi padre era frío, pero los dos estaban demasiado centrados en sí mismos. Nunca deberían haber tenido hijos, y menos dos.

—¿Tienes un hermano?

Joss dejó de acariciarla.

–La tenía. Joanna murió cuando tenía diez años.

–Lo siento, Joss. ¿Fue un accidente?

–Para ser alguien que no quiere hablar de sí mismo, haces demasiadas preguntas.

Leila levantó la cabeza y le miró. Sus ojos brillaban en la oscuridad.

–Lo siento.

–No tiene importancia, Leila. No te preocupes tanto. Todo forma parte del pasado.

Ella negó con la cabeza.

–Algunas cosas no se olvidan así como así.

La sonrisa de Joss se esfumó. La atrajo contra su cuerpo.

–Tienes razón. Nunca olvidaré a Joanna ni tampoco olvidaré todo lo que pasó. Nuestros padres le hicieron la vida un infierno. La usaron como arma arrojadiza. Pasaba seis meses en Inglaterra con nuestra madre, aprendiendo a ser una señorita de sociedad y después pasaba otros seis meses en Australia. Mi padre la despreciaba y la criticaba diciendo que era demasiado delicada en vez de ser atlética y brillante en los estudios. Su vida fue una lucha continua en la que intentaba satisfacerlos a los dos. Siguieron con sus viejas rencillas utilizándola a ella como peón. Jamás se les ocurrió pensar en lo que ella necesitaba. Cuando tenía trece años cayó en una depresión. A los catorce tenía una anorexia galopante.

Leila contuvo el aliento. Todo cobraba sentido por fin.

–Y es por eso que...

–Parecía posible. Lo había visto antes.

–¿Qué le pasó?

–A los quince años se escapó de casa y nunca más volví a verla. Cuando mi madre me contó que había muerto a causa de su enfermedad intentó hacerme creer que había muerto porque era una adolescente egoísta que solo se preocupaba por sí misma y a la que no le importaba nadie más.

Leila se apoyó en un codo.

–¡Eso es absurdo!

–Así era mi madre, generosa hasta la médula –se encogió de hombros–. He visto demasiadas familias disfuncionales, y no quiero una de ellas. Estoy solo y las cosas me gustan así. Nunca traeré a un niño a este mundo para que sufra porque sus padres se acabaron odiando como mis padres. Incluso estando cada uno a un lado del mundo, se las ingeniaron para seguir con sus disputas a través de nosotros. Lo último que quiero es tener niños. No quiero pasarle a nadie los genes de mi familia.

Leila lo entendió todo por fin. Los términos del acuerdo prematrimonial cobraban sentido, la penalización por embarazo...

La mirada de Joss se encontró con la de Leila.

–No quiero que sientas pena por mí. Malgastas tu empatía conmigo. No te lo he dicho para que te compadezcas de mí, sino para que entiendas que hablo en serio cuando digo que no quiero compromisos emocionales a largo plazo –Joss bajó la vista. Su expresión se oscureció–. Pero hay algo más que puedes darme –abarcó su pecho con ambas manos y le pellizcó los pezones. Sonrió–. Eso es lo que quiero, Leila. Sexo. Placer físico. ¿Puedes darme eso? –le preguntó. Los ojos le brillaban peligrosamente.

Leila sintió que una ola de deseo la golpeaba repentinamente. La pasión que habían desatado era primitiva, imparable. Sin embargo, eso no le impidió ver las sombras que oscurecían sus ojos, el dolor que se escondía en sus pupilas. El corazón se le encogió, pensando en todo lo que había sufrido.

Y fue por eso que no puso objeción alguna cuando él tomó un preservativo y la hizo tumbarse de nuevo. Se coló entre sus piernas y le chupó los pechos. Ella le atrajo hacia sí y se entregó al deseo. Él la tocó entre las piernas, palpó su sexo húmedo, y Leila se arqueó contra su mano, buscando el dulce olvido que podía darle.

Un momento más tarde, empujó con fuerza y entró en ella, agarrándola de las caderas sin darle tregua. Leila huyó de la cordura y la razón. Dejó que la llevara al borde del precipicio del placer y se lanzó con él, abandonándose a un clímax delirante. Joss tembló una y otra vez hasta que las olas de gozo remitieron. Su grito ronco retumbó en los oídos de Leila y entonces ella lo acogió en su seno, abrazándole con toda la ternura que nacía en su interior.

Capítulo 11

JOSS no volvió a hacer preguntas. Después de haberle revelado la verdad de su pasado turbulento, continuó evitando todos los temas personales. Hacían el amor ardientemente por las mañanas y por las noches, no obstante. Y él había tomado por costumbre ir al apartamento a comer todos los días.

El primer día que lo había hecho, Leila estaba nadando en la piscina cubierta... Todavía se sonrojaba al recordar todo lo que habían hecho en la tumbona que estaba junto al agua. Se había dejado llevar del todo, entregándose a ese remolino de deseo que cada día era más grande.

Leila miró a Joss con disimulo. Estaban en un rincón privado de un restaurante al que habían ido a comer ese día. Él puso su mano sobre la de ella y deslizó un dedo por su brazo hasta llegar a la zona sensible de la cara interna del codo. Sonrió.

Leila dejó el tenedor y el cuchillo y repasó mentalmente todo lo que había ocurrido las semanas anteriores. Cada vez salían más. La primera vez que habían salido, la inmensidad amenazante de la gran ciudad la había sobrecogido, pero poco a poco se había ido acostumbrando. Joss nunca le daba tiempo para preocuparse.

Había hecho un gran esfuerzo, obligándose a salir al exterior cada día, pero con él todo había sido mucho más fácil. Había avanzado más gracias a él.

–¿Leila? ¿Qué pasa? –le preguntó. Había auténtica preocupación en sus ojos.

De repente Leila comprendió algo. Todo lo hacía por ella. La invitaba a salir casi todos los días y lo hacía... por ella.

–Esta semana me has invitado a comer fuera todos los días.

Joss contempló esos ojos de color verde grisáceo que se habían oscurecido de repente.

–¿No lo has pasado bien?

–Sí. Claro –dijo Leila, gesticulando–. Pero estás sacrificando parte de tu jornada laboral. Incluso vuelves a casa antes por las noches.

Ahí estaba de nuevo esa palabra.

«Casa...».

Joss frunció el ceño y bebió un sorbo de *chablis.* Reparó en sus labios carnosos y apetecibles... Apreciaba mucho a Leila, pero las cosas no iban más allá. No la necesitaba.

–¿Tienes miedo de que descuide mis responsabilidades?

–Sé lo que estás haciendo, Joss.

Él la miró a los ojos. Sus pupilas parecían más brillantes y grandes que nunca.

–¿Qué estoy haciendo? Pasar tiempo con mi esposa no es un crimen.

–No lo haces solo porque te apetezca.

Joss se tragó las palabras que estaban a punto de escapar de su boca. Lo cierto era que la elección de estar con ella era puramente egoísta. Ver cómo se movían sus labios y escuchar su voz aterciopelada era una delicia.

–Lo sabes, ¿no?

Había algo en su voz que le sacó de su ensoñación. Leila parecía... derrotada.

Joss puso su mano sobre la de ella.

–¿De qué estás hablando? –le preguntó, esbozando una sonrisa forzada.

Ella miró hacia las ventanas que estaban al otro lado de la estancia.

–De que... me cuesta salir al exterior –le dijo, enfrentándose a su mirada por fin.

Joss le apretó los dedos.

–Ya lo sabía.

–No me has preguntado nada al respecto.

Él se encogió de hombros. Al principio había sentido gran curiosidad, pero después de haber revuelto su propio pasado, el deseo de ahondar en el de ella había remitido. Ese orgullo desesperado del que hacía gala era algo muy valioso. Le había costado mucho ganárselo y él no era nadie para arrebatárselo.

–Siento curiosidad. Por supuesto.

–¿Porque no quieres una esposa con defectos? –le preguntó ella en un tono mordaz.

Joss deslizó los dedos sobre los de ella, como si el tacto de su mano pudiera calmar el dolor que la corroía por dentro.

–Supongo que te debo una explicación.

La expresión de Leila era la de alguien que se enfrenta a un pelotón de fusilamiento.

—La primera vez que me pasó fue el día de la boda —le dijo ella, mirando la mano que cubría la suya.

—¿Antes no?

—Nunca.

Se hizo un silencio tenso.

—Cuando el coche se alejó de la casa empecé a sentir náuseas. Me sentía como si hubiera comido algo en mal estado. Cuando llegamos al aeropuerto...

Leila sacudió la cabeza.

—Nunca había sentido nada parecido. Fue como si el peso del cielo cayera sobre mí, sacándome el aire de los pulmones. No podía respirar. Todo parecía tan grande, amenazante, sin límites.

Joss la rodeó con el brazo y la atrajo hacia sí. Ella estaba rígida. No parecía darse cuenta de que la estaba abrazando, pero Joss esperó. Quería saberlo todo.

—Pensaba que era una persona fuerte —le dijo ella con un hilo de voz—. Aunque estuviera librando una batalla que no podía ganar, nunca me rendí. Pero cuando la amenaza viene de dentro... —tragó en seco, como si por su garganta pasaran cristales rotos—. Estos últimos años, incluso en los peores días, me negaba a admitir la derrota. Pero esto... —sacudió la cabeza. Un mechón de pelo se le enredó en el hombro.

Joss le acarició la mano. Estaba helada.

—Pensé que iba a morir.

—Yo no te dejaría.

Ella esbozó una sonrisa que escondía dolor.

—Me distrajiste lo bastante como para impedir que sucumbiera a la muerte. Gracias —sus ojos se encontraron con los de él y una chispa eléctrica golpeó a Joss, atravesándole por dentro.

–¿Por qué? ¿Sabes qué lo causó?

Leila se irguió y apartó la mano de la de él.

–Yo... –se humedeció los labios y miró hacia la ventana para contemplar la bulliciosa ciudad–. Sospecho que es porque no estaba acostumbrada a salir.

Joss esperó. La presión del silencio expectante era mejor que cualquier palabra de aliento.

–Mi vida antes de esto no era... normal. ¿Nunca te preguntaste por qué me casé contigo?

Él se encogió de hombros. Había dado por hecho que lo hacía por el mismo motivo que cualquier otra mujer: riqueza y estatus social. Eso era lo que buscaban las mujeres.

–Me hubiera casado con cualquiera con tal de escapar, por muy poco que me gustara.

–Cuéntamelo.

Ella le sostuvo la mirada durante mucho tiempo, lo suficiente como para que Joss se preguntara si iba a seguir adelante. Finalmente bajó la vista y se miró las manos.

–Mi madre era una mujer hermosa. No solo era guapa, sino también vivaz, la clase de mujer que atrae la atención de todos sin esforzarse. Cuando mi padre murió, Gamil comenzó a cortejarla. Siempre estaba ahí, estuviera donde estuviera. Era encantador y estaba deseoso de complacerla. Al final mi madre accedió a casarse con él. No fue un matrimonio por amor, como el de mis padres, pero parecía un buen hombre y ella quería que yo tuviera a otra persona en la que apoyarme.

Leila se mordió el labio con tanta fuerza que Joss creyó que iba a hacerse una herida.

–Gamil no resultó ser el esposo modelo que prometía ser. Aquello a lo que él llamaba amor era obsesión en realidad. Una vez se casaron, se volvió posesivo y controlador. Necesitaba saber adónde iba en todo momento. Quería saber con quién estaba. Era un celoso patológico. La llamó furcia, la acusó de serle infiel. Le dijo que me había criado de la misma manera, para ser una mujer corrupta, promiscua, débil... ¡Mi madre no era ninguna de esas cosas!

–Claro que no.

–Pero Gamil estaba desbocado. Para cualquier persona ajena a la casa era un hombre perfectamente normal, pero dentro de la casa era otra cosa. Empezó a poner cada vez más normas y restricciones. Primero cortó Internet. Decía que había problemas con la conexión... Luego canceló la línea telefónica. Nos prohibió ir a ciertos sitios. Las empleadas de mi madre de toda la vida fueron despedidas y reemplazadas por su gente, esbirros que espiaban para él, gente que le decía lo que quería oír –Leila respiró profundamente–. Cuando el cáncer se llevó a mi madre por fin, estaba rota por dentro. Su espíritu se había apagado y ya no tenía voluntad de vivir.

Joss sintió un frío gélido que le recorría la piel.

–¿Te quedaste sola con él entonces?

–Sí. Solo estábamos nosotros y el servicio.

–¿Te hizo daño? –Joss se inclinó hacia delante e hizo ademán de poner sus manos sobre los puños contraídos de Leila.

–Físicamente no. Tenía otras formas de hacer las

cosas –Leila volvió a mirar hacia los ventanales–. Gamil me mantuvo prisionera después de la muerte de mi madre. Yo había empezado a estudiar en la universidad, pero lo pospuse todo cuando ella enfermó. Gamil les dijo que no iba a volver a estudiar.

–¿Por qué le dejaste que hiciera eso?

Ella se rio con amargura.

–En Bakhara un tutor tiene control absoluto sobre la persona a su cargo, ya sea una hija, o una hijastra. Puede decidir dónde va a vivir, adónde va, a quién ve. Eso dura hasta que la persona cumpla veinticinco años.

–O hasta que se case.

Ella levantó la mirada y sus labios esbozaron una sonrisa tensa.

–Siempre supe que eras muy listo.

Joss contempló esa sonrisa seca e irónica y de repente supo que ella había sido fuerte de una forma que él desconocía.

–¿No podías escapar?

–Lo intenté, muchas veces, pero no llegué muy lejos. La ley estaba de su lado y yo no tenía dinero. Lo único que tenía era la ropa que llevaba puesta. No podía acudir a amigos en busca de ayuda. Esos serían los primeros sitios donde me buscaría. Incluso involucró a la policía en la búsqueda. Les dijo que me habían secuestrado.

–Entonces te retuvo en la casa. ¿Cuánto tiempo?

Ella se encogió de hombros.

–Dos años, más o menos.

–¿Dos años? Seguro que... –Joss sacudió la cabeza y trató de procesar el hecho de que algo así pudiera ocurrir en el mundo moderno.

–Lo sé. Debería haber encontrado una forma definitiva de escapar, aunque los guardias y la policía estuvieran de su parte, pero los castigos se hacían más duros cada vez.

–Creí entender que no te había hecho daño –Joss apretó el puño sobre el respaldo de la silla para no sucumbir al deseo de abrazarla.

–No me atacó físicamente, pero me fue quitando una a una todas aquellas cosas a las que él llamaba «privilegios». No tenía teléfono ni Internet. No podía salir y no podía recibir visitas, ni siquiera parientes. Al final me quitó los periódicos y los libros –levantó la mirada–. Teníamos una biblioteca llena de libros. Algunos tenían varios siglos de antigüedad. Mi familia los había coleccionado a lo largo del tiempo. Todos los volúmenes desaparecieron de la noche a la mañana. Todos los empleados cambiaron de repente, incluso el cocinero, que llevaba muchos años con nosotros. No había espejos...

–¿No había espejos?

–Los espejos fomentan la vanidad y el libertinaje –Leila le miró fijamente–. Ya te dije que estaba desbocado. Las joyas de mi madre desaparecieron. Solo me dio el collar de perlas para que pudiera impresionarte y se quedó con todo el dinero que me correspondía.

Joss tragó en seco.

–Después de la última vez que intenté escapar, me encerró a pan y agua en un almacén. Esa vez sí que me asusté mucho.

–¿Por eso estabas tan delgada el día de la boda? ¿Te estaba matando de hambre?

–Shh –Leila miró a su alrededor, pero ya era tarde y estaban bastante alejados del resto de comensales.

–Leila, dímelo todo –Joss la agarró de la mano.

–No me mató de hambre exactamente –le dijo ella en un tono áspero–. Tenía que estar lo suficientemente bien para casarme. Gamil es ambicioso y quiere mejorar su posición en la corte aprovechando su estatus.

–Y yo le puse las cosas fáciles.

–No tiene importancia. Gracias a ti, pude escapar. Escapé, de hecho... No me mires así. Vas a asustar a los camareros.

Joss le clavaba la mirada y se preguntaba cómo había sobrevivido a todo aquello.

–Háblame de la habitación donde te tenía.

Leila parpadeó, pero no apartó la mirada.

–Era pequeña. Apenas podías tumbarte en ella. Tenía una ventana a mucha altura por la que entraba algo de luz, pero no se veía nada. Era algo más grande que el ascensor de tu apartamento.

Joss dejó escapar el aliento.

–No me extraña que quisieras escapar.

Ella esbozó una triste sonrisa que se le clavó en el corazón.

–Patético, ¿no? El día que me fui de Bakhara me di cuenta de lo grande y peligroso que puede ser el mundo exterior. De repente me pareció que estaba segura allí dentro. ¡Segura! –Leila sacudió la cabeza–. Si no fuera gracioso, me rompería el corazón.

–Eres una mujer increíble, Leila.

Sorprendida, ella abrió los ojos.

–Un bicho raro, querrás decir.

Joss puso el brazo sobre sus hombros y la atrajo hacia él.

—Yo me hubiera vuelto loco en cuestión de semanas, encerrado como tú. Me hubiera convertido en un animal balbuceante —Joss deslizó la yema del dedo sobre el contorno de sus labios, trazando la exquisita línea de su boca.

—Eres una superviviente, Leila. Deberías estar orgullosa... ¿Qué vas a hacer a partir de ahora? ¿Qué es lo que quieres ahora que has escapado de todo eso?

Ella ladeó la cabeza y esbozó una sonrisa repentina que le dejó sin aliento.

—Ya que preguntas... —hizo una pausa—. Me gustaría aprender a conducir.

Capítulo 12

EMBRAGUE! –las instrucciones fueron automáticas, pero innecesarias.

Leila ya tenía el pie sobre el pedal de embrague y cambiaba las marchas con soltura. La caja de cambios no emitía más que un ligero sonido de fricción y el poderoso motor apenas vibraba.

Joss vio cómo se lamía el labio inferior y entonces sintió unas ganas irrefrenables de parar el coche y abrazarla. Le hubiera hecho el amor allí mismo, por muy restringido que fuera el espacio en un coche deportivo.

Por alguna razón la idea de enseñarla a conducir le resultaba peligrosamente estimulante. En otra época jamás se hubiera prestado a enseñar a conducir a una mujer. La conexión que mantenía con las mujeres que pasaban por su vida siempre había sido fugaz y basada únicamente en el placer. Sin embargo, lo que estaban haciendo en ese momento también le daba placer.

Estar con Leila y ver cómo crecía la confianza que tenía en sí misma cada vez que giraba el volante en esa carretera desierta era una experiencia gratificante. La idea de que otro hombre pudiera compartir momentos como ese con ella se le hacía impensable. Joss se frotó la barbilla y pensó en ello.

–Lo siento –Leila hizo una mueca al reducir la marcha para tomar una curva. La caja de cambios rechinó–. No debería estar conduciendo algo tan caro.

–Es un coche, Leila. Eso es todo. Se puede arreglar y reemplazar. No obstante, creo que a lo mejor debí esperar un poco para prepararte algo más tranquilo.

Leila sacudió la cabeza. Al tomar una curva, la brisa le agitó el cabello y varios mechones se engancharon en la camisa de Joss. El aroma de su cabello, rico en matices y exótico, le llenaba los sentidos.

–¡No! Me encanta. Me encanta cómo me responde, con tanta fuerza –Leila dejó escapar una risotada.

Sus palabras resonaron dentro de Joss, haciéndole recordar esos momentos cuando le había hecho el amor, cuando era ella quien respondía a sus caricias como nadie lo había hecho antes, con pasión y con esa inocencia generosa que resultaba extraordinaria después de conocer el trauma por el que había pasado.

Era indomable, resistente... y gracias a esas cualidades seguiría adelante cuando llegara la hora de decir adiós. Ella no le necesitaba. No dependería de él, como habían hecho muchas otras en el pasado.

Joss frunció el ceño, desconcertado. Por alguna razón, tener esa certeza era un trago amargo y difícil.

Leila contempló la fronda de los sauces. La luz del sol se filtraba entre las hojas, transformándose en rayos traslúcidos de color verde y convirtiendo el pequeño refugio en un rincón de otro mundo. Las ramas bailaban suavemente al ritmo de la brisa que acariciaba el césped color esmeralda y el agua de un arroyuelo cercano gorjeaba sin cesar. Era el escondite perfecto para un picnic secreto.

Joss estaba sacando las viandas de su cesta y Leila le observaba, consciente de que había escogido ese lugar a propósito. Estaban al aire libre, pero ocultos al mismo tiempo. La intimidad de ese rincón tan especial, al abrigo de los árboles, era ideal para una persona que sufría de agorafobia.

—¿Leila? ¿Te encuentras bien? —le preguntó él al verla tan ensimismada.

—¿Por qué me lo preguntas? —ella sonrió. Las manos aún le temblaban un poco después de haber pasado tanto tiempo intentando domar el rugiente motor del deportivo—. Me sentí como si volara.

Él sacudió la cabeza y esbozó una media sonrisa.

—No ibas lo bastante rápido como para poner la cuarta.

Leila se encogió de hombros.

—Pero conduje el coche. Lo hice.

La sonrisa de Joss se borró. Asintió con la cabeza, sosteniéndole la mirada.

—Sí. Lo hiciste, Leila —Joss se volvió hacia la cesta—. Será mejor que organicemos clases en serio para que no tengas que depender de mí y de que encuentre tiempo para enseñarte.

Leila se mordió la lengua. Quería que él la enseñara. Ese día había sido tan especial que quería reproducirlo una y otra vez.

—¿Qué pasa? —Joss levantó la mirada y se la encontró observándole–. No puedo tener comida en la cara. Aún no hemos comido –se tocó la mandíbula y ese simple gesto rescató un bonito recuerdo para Leila.

Se recordó a sí misma, besándole en ese lugar exacto, a la luz del amanecer. Recordó su fina barba incipiente, rozándole la piel.

–Nada. Solo estaba pensando –Leila parpadeó.

La mirada de él había cambiado. La curiosidad se había convertido en un estado de conciencia plena.

Leila se abandonó a los placeres sensuales de ese refugio de ensueño donde nada importaba excepto estar a su lado. Él le había asegurado que cada uno seguiría su propio camino una vez hubieran satisfecho la sed que sentían el uno por el otro, pero la necesidad que sentía de estar junto a él no hacía más que crecer.

Habían pasado semanas, pero Leila no estaba más cerca de conseguir sus objetivos. Ni siquiera se había matriculado en la universidad.

¿Qué era lo que realmente quería?

De repente él se puso en pie. La miraba fijamente. La expresión de su rostro indicaba que había perdido todo interés en la comida. La observaba como si esperara alguna señal.

Leila le miró de arriba abajo. Había deseo en esos ojos oscuros como el pecado, y fuerza en esas manos grandes.

Joss fue hacia ella y se arrodilló a su lado. Le apartó el pelo de la cara.

–Ya comeremos luego –murmuró. Su boca estaba a un milímetro de distancia de ella.

Leila le miró a los ojos y su alma tembló al darse de cuenta de lo profundos que eran sus sentimientos. Él era... era...

No era capaz de expresarlo con palabras.

Le agarró de las mejillas y le dio un beso. Eso era todo lo que podía hacer. Viviría el momento y ya se preocuparía por el futuro más adelante.

–Estarás bien –murmuró Joss–. Esta es tu gente.

No fueron sus palabras las que la hicieron estremecer, sino la caricia de su voz sobre la nuca.

–Y estás radiante –añadió, tocándole la muñeca y rozando el brazalete de ópalos y diamantes que le había dado.

Entre los pechos llevaba un colgante a juego de ópalo verde con betas color escarlata. Era magnífico, digno de una reina, y Joss se lo había dado. Le había dicho que le recordaba al fuego que ardía en sus ojos cuando discutían, y cuando hacían el amor. Él la hacía sentir hermosa.

Deslizó una mano sobre la gruesa seda de su vestido de firma.

–Sé lo que haces, Joss. Estás tratando de distraerme.

La embajada de Bakhara en Londres había sido su hogar, pero había pasado mucho tiempo. La imponente recepción con sus mosaicos y suelo de mármol no tenía nada que ver con sus recuerdos. Estaba tan nerviosa como un niño que juega a los disfraces.

La última vez que había pisado suelo de Bakhara había sido el día de su boda.

–¿Me está dando resultado? –le preguntó Joss, esbozando una sonrisa que escondía algún plan deliciosamente pícaro para más tarde.

El corazón de Leila dio un vuelco. Vestido de traje y pajarita era el hombre más guapo que había visto jamás.

–Siempre tienes éxito –Leila se dejó caer en las profundidades de esos ojos que todo lo sabían.

¿Cómo iba a resistirse? Él la hacía sentir como si la vida fuera un secreto y él fuera el único capaz de desvelarlo.

La tarde pasó en un abrir y cerrar de ojos. El placer de hablar su lengua nativa se mezclaba con la alegría agridulce de reencontrarse con viejos conocidos a los que no había vuelto a ver debido al aislamiento impuesto por Gamil. Él le había robado su libertad y la confianza en sí misma, pero también le había arrebatado amistades que habían llegado a pensar que había preferido distanciarse. Volver a ver a los amigos de sus padres era una experiencia maravillosa, pero estaba cargada de rabia.

–Leila –la voz de Joss irrumpió entre sus pensamientos–. Nos toca.

Se abrieron camino hasta la sala principal, donde el jeque y su esposa recibían a los invitados.

El jeque Zahir era un personaje imponente, alto y ataviado con las prendas tradicionales. Su esposa, hermosa y embarazada de muchos meses, sonreía con afecto y miraba a Leila. Puso una mano sobre el brazo de su esposo y la expresión de este se suavizó al instante. Miró a Leila.

Esta notó curiosidad en su mirada, y algo más que

no era capaz de descifrar. Agarró la mano de Joss con fuerza.

—Joss, me alegro de verte —dijo el jeque por fin, tendiéndole una mano.

Leila observó, perpleja, mientras se daban la mano. ¿Joss conocía al jeque? Nunca le había dicho nada.

—Su Alteza —Joss dio un paso adelante y la presentó.

Para alivio de Leila, los jeques eran una pareja muy amigable, a pesar de la mirada penetrante del líder de Bakhara. En cuestión de minutos se pusieron a hablar de las reformas de las sedes de la embajada y de los proyectos para renovar la embajada de París. A partir de ese momento la reina se enfrascó en una animada charla acerca de la capital gala, su favorita, y Leila muy pronto se encontró disfrutando de la conversación.

Cuando el embajador reclamó su atención, Leila se lo estaba pasando muy bien. Sin embargo, al mirar a su alrededor, su expresión cambió. Se había hecho el silencio y un rostro familiar destacaba entre los demás.

Era Gamil.

La sangre huyó de su rostro y la respiración se le cortó un instante. ¿Por qué estaba en Londres?

Joss le apretó la mano.

Leila apenas oyó los discursos de bienvenida. La cabeza le palpitaba sin cesar. Su padrastro había tomado una posición más prominente. Estaba justo delante de ella, observando al jeque con una emoción que no presagiaba nada bueno.

Hubo una pausa. Un ligero murmullo de expectación sacudió a los invitados y entonces Leila se dio cuenta de que el jeque estaba hablando de la retirada inminente del embajador y de su sucesor.

Gamil se puso erguido y se alisó una manga. Era un gesto de nerviosismo e impaciencia que Leila conocía demasiado bien.

El jeque volvió a hablar y todo el mundo comenzó a aplaudir. Todos los ojos se volvieron hacia el hombre que estaba frente al jeque, un diplomático de carrera y antiguo amigo del padre de Leila.

–Ya que todos nuestros amigos están aquí reunidos –dijo el jeque–. También me gustaría aprovechar esta oportunidad para destacar a uno de los nuestros –añadió, señalando a Gamil y llamándole por su nombre completo.

Leila se puso rígida. ¿Qué distinción estaban a punto de darle?

Gamil se puso erguido, sacó pecho y esbozó una sonrisa de satisfacción.

–Ha llegado a mis oídos que, debido a asuntos familiares... –la voz del jeque se volvió más sutil– nuestro consejero, Gamil, se ha visto obligado a retirarse de la vida pública –hizo una pausa–. De forma permanente.

Sorprendida, Leila vio que Gamil abría la boca y volvía a cerrarla rápidamente, como si hubiera estado a punto de objetar algo. Sin embargo, la expresión firme del jeque no dejaba lugar a dudas. Sus palabras eran un decreto real de exilio que le alejaba de todos los puestos a los que Gamil aspiraba.

Su padrastro se había quedado lívido. Era evidente que acababa de enterarse de la noticia. Esperaba un ascenso, no un destierro.

–Y en relación con el mismo tema... –el jeque señaló a Joss.

–Muchas gracias, Su Alteza. Señoras y señores –dijo Joss con su clara voz de barítono.

Hizo una pausa y miró a su esposa. Los ojos le brillaban misteriosamente. Entrelazó su mano con la de ella.

–Teniendo en cuenta la noticia que nos acaba de dar Su Alteza, y dado el interés general que existe respecto a mi empresa en Bakhara, tengo algo que anunciar. Como Gamil va a retirarse de la vida pública, su cargo en la junta directiva de mi nueva empresa pasará a manos de su hijastra, mi esposa, Leila Carmody.

Leila se sobresaltó. Abrió los ojos. La gente aplaudía.

–Pero yo... –sacudió la cabeza–. No tengo experiencia –le susurró a Joss.

–Tengo fe en ti, Leila. Solo quiero que aceptes este pequeño desafío –añadió, sonriente.

–Me alegra ver que otra mujer va a contribuir a nuestro progreso económico.

–Muchas gracias, Su Alteza –dijo Leila, sonrojándose.

–Enhorabuena –la reina Soraya le estrechó la mano–. Eso significa que podemos cultivar una buena amistad. Yo también estoy muy interesada en los proyectos de su esposo.

Leila le devolvió la sonrisa. La cabeza le daba vueltas. Joss lo había hecho todo por ella.

Se volvió y buscó su mirada. Él la observaba, lleno de orgullo y ternura.

De repente todo el mundo se acercó para darle la

enhorabuena. Joss estaba a su lado, apoyándola, pero se puso tenso de pronto.

Gamil se acercaba. Su rostro estaba oscurecido por la ira.

—Yo me ocupo —le dijo Joss.

—No —Leila le puso una mano sobre el brazo—. Yo lo haré.

Leila avanzó hacia el hombre que había convertido su vida en un infierno.

Gamil abrió la boca para decir algo, pero entonces se lo pensó mejor. La fulminó con una mirada llena de hiel y dio media vuelta. Sin embargo, Leila no era capaz de sentir nada. Se volvió hacia Joss. El calor de su mirada era una caricia de bienvenida. Había llegado a casa. Estaba en casa.

Una revelación repentina la golpeó por dentro. Era algo que llevaba semanas rondando sus pensamientos. Y era una sensación tan intensa que el resplandor de las arañas se atenuó y el mundo se convirtió en un borrón informe para luego volverse más nítido que nunca.

Leila respiró profundamente. No era de extrañar que Gamil ya no tuviera poder sobre ella. Tenía todo lo que quería. Tenía a Joss.

Capítulo 13

LEILA acarició el contorno húmedo del pecho de Joss, recreándose. En cuanto llegaba a casa tras una larga mañana de reuniones, se arrojaba a sus brazos, y después a su cama.

Se estiró, arqueando la espalda mientras sentía su mano sobre la piel, y luego sobre el cabello. Adoraba cómo la tocaba. Esas manos poderosas la acariciaban como si fuera algo preciado y delicado.

–Ni siquiera llegamos a comer.

Su pecho rugió debajo de ella.

–Umm –Leila tenía muchas cosas en la cabeza y la comida no era una de ellas.

Se inclinó sobre él y le dio un beso en el cuello. Llevaba toda la mañana oscilando entre el placer y la incertidumbre, pero después de haber disfrutado tanto en manos en Joss, se había convencido de que no había necesidad de angustiarse tanto. Todo iba a salir bien. Todo sería perfecto. Podía verse envejeciendo con el hombre al que se abrazaba en ese momento. Se veía teniendo a sus hijos.

–¿Por qué sonríes?

–¿Una mujer no puede alegrarse de mirar a su marido? –deslizó las yemas de los dedos sobre su torso y también sobre sus costillas hasta llegar a ese lugar sensible que siempre le hacía estremecerse. Él capturó su mano de repente.

—¿Cuánto te alegras? —la intensidad de su voz bajó hasta convertirse en un mero susurro que la hacía sentir un cosquilleo por dentro—. ¿Te alegras lo suficiente como para posponer la comida un poco?

La sonrisa de Leila se llenó de picardía.

—Podrías convencerme.

Tenía el corazón tan lleno de alegría que se le salía del pecho. Leila hizo callar a esa voz que la advertía de algo y a la que no quería escuchar.

Le dio otro beso, aspirando su aroma almizclado. Recordaba todo lo que había hecho por ella, lo mucho que se había preocupado, el coraje que le había dado para que pudiera admitir la verdad. No quería que hubiera secretos entre ellos.

—Te quiero, Joss —le dijo. Una timidez repentina la embargó por dentro, impidiéndole mirarle a la cara. Su corazón retumbaba.

Él respiró profundamente. Su pecho se hinchó. Le apretó los dedos.

—¿Cómo has llegado a esta conclusión?

Leila frunció el ceño. No parecía satisfecho. Su voz albergaba un matiz áspero que llevaba mucho tiempo sin notar.

—¿Qué quieres decir? —hipnotizada, vio cómo subía su pecho de nuevo.

Una parte de ella sabía que las cosas no estaban saliendo como esperaba. Joss parecía desconcertado, inquieto.

—¿A qué viene este anuncio?

Él mantenía la vista fija en el techo y Leila escudriñaba sus rasgos tensos, contraídos.

—Me di cuenta de lo que sentía por ti.

—¿Cuándo? —le preguntó, sin dejar de mirar al techo.

Leila se sintió tentada de mover una mano delante de sus ojos para llamar su atención. Sin embargo, la tensión de sus músculos le indicaba que estaba totalmente concentrado.

—¿Anoche, cuando te di un puesto en la junta de dirección?

Leila frunció el ceño. Su voz sonaba casi... sarcástica.

—A lo largo de un período de tiempo.

Tenía razón, pero nunca iba a admitirlo. La revelación la había golpeado en la cara como una bofetada cuando el jeque le había dado la noticia, pero jamás iba a reconocerlo ante él.

—No tienes por qué hacer esto —Joss hizo una mueca—. No espero más de ti.

—¿Hacer qué? —Leila sacudió la cabeza. Su cabello cayó sobre ambos. Se deslizó sobre el hombro de Joss.

—Fingir que sientes algo más. Sé que te sientes muy agradecida por lo de Gamil, pero no es necesario.

—¿Agradecida? ¿Crees que es agradecimiento?

—¿No lo es? —él se volvió por fin y le dedicó una mirada brillante que bien podría haberle abrasado por dentro.

Sin embargo, Leila no sintió más que un frío mortal sobre la piel.

Ese había sido el día más feliz de su vida, pero todo se había torcido en el último momento. Era consciente de las cicatrices emocionales de Joss Carmody, pero poco a poco se había convencido de que las heridas habían mejorado. Un hombre tan generoso y cariñoso como él merecía amor.

¿Se había engañado al creer que estaba listo para eso?

Un miedo sin nombre se apoderó de ella.

Joss contempló esos ojos verdes y sintió una punzada de dolor, el dolor de algo perdido. Huyó de su mirada intensa y volvió a mirar hacia el techo. Se había engañado pensando que lo que ocurría entre ellos no era peligroso, que podían seguir tal y como estaban, pero no era cierto. Había cometido un gran error.

«Te quiero, Joss».

Incluso en ese momento sentía una necesidad imperiosa de aferrarse a las palabras de Leila. Quería olvidar todo lo que había aprendido sobre el amor y arriesgarse con ese espejismo extraño que parecía real por primera vez. Se frotó la cara.

Le puso una mano sobre el hombro y la hizo apartarse. Se sentó en el borde de la cama. Los oídos le pitaban y de repente sentía que se iba a desmayar. Se inclinó hacia delante, apoyó los codos en las rodillas y trató de deshacer el nudo de dolor que se estaba formando en su corazón.

—¡Joss, dime algo!

De repente sintió la mano de Leila sobre el hombro, aferrándose.

Se levantó de la cama bruscamente y fue hacia la ventana.

–Esto era sin compromisos, ¿recuerdas?

–Las cosas han cambiado.

Leila parecía confundida. Joss se mesó el cabello. Trató de convencerse de que no era real. No podía ser amor. Él jamás había suscitado tales emociones en nadie. Le estaba diciendo lo que creía que quería oír.

–No me debes nada. Anoche... –gesticuló con una mano–. Lo de anoche fue una forma de poner las cosas en su sitio. Eso es todo. No tienes por qué sentirte... obligada.

Leila tardó unos segundos en decir algo.

–Te estoy agradecida por lo que hiciste con Gamil. Pero no es ese el motivo por el que te amo.

Joss se volvió hacia ella, reprimiendo la emoción que surgía ante esas palabras. Ya no era un chico inocente. No era vulnerable.

–No... digas eso. Ya te dije que no es necesario.

Leila sujetaba la sábana contra su pecho.

De repente Joss supo que era demasiado tarde. El daño estaba hecho. No había vuelta atrás. La había herido y sabía que jamás iba a perdonarle por lo que tenía que hacer.

–No tiene importancia, Leila. Sé que no hablabas en serio –Joss extendió las manos.

Leila miró al hombre al que amaba y se preguntó qué cambio se había obrado en él. Su rostro no auguraba nada bueno. Estaba pálido y no la miraba a los ojos.

–Sí tiene importancia –las palabras se le salieron de la boca.

Por fin entendía la expresión de su rostro. Era de rabia.

–No, Leila.

¿Era desesperación lo que notaba en su voz? Leila se inclinó hacia delante y buscó rastros del hombre que le había hecho el amor apasionadamente un rato antes.

–Más tarde te arrepentirás.

Leila se incorporó. Se arrepentía en ese momento. Había estado tan segura de los sentimientos de Joss...

–Seguiremos como hemos hecho hasta ahora –le dijo él, caminando. Su desnudez no hacía más que realzar su formidable fuerza–. Podemos olvidarnos de esto –gesticuló con las manos, como si quisiera restarle importancia a lo que ella acababa de decirle.

La furia se abrió camino entre los sentimientos de Leila.

–No quiero olvidarlo.

Joss se dio la vuelta y la atravesó con una mirada poderosa que la dejó sin aliento. Parecía... salvaje, desesperado, furioso.

–Es la única forma.

Leila asió la sábana con más fuerza.

–¿Qué quieres decir?

Joss dejó de andar y se detuvo.

–Habíamos llegado a un acuerdo, ¿recuerdas?

–Si te refieres a esa norma de matrimonio sin sexo, no te vi quejarte por ello –dijo Leila. La indignación bullía en su interior.

–Claro que no. Eso fue un acuerdo mutuo. Estoy

hablando de la norma de un matrimonio sin compromisos, sin implicación emocional –Joss se frotó la nuca. Durante un instante pareció desbordado por la situación, como si batallara contra fuerzas que escapaban a su control.

–Estás rompiendo el acuerdo –le dijo él.

–¿No me quieres?

–Eso del amor no es para mí. Te lo dejé claro al principio.

Leila sintió que algo se clavaba en su interior. Se tocó el vientre, como si así pudiera protegerse. Se echó hacia delante y trató de respirar. De repente Joss se había convertido en un ser frío como el hielo, alguien que nada tenía que ver con aquel hombre cariñoso y generoso del que se había enamorado.

–Teníamos un acuerdo –Joss se detuvo delante de ella, de brazos cruzados–. Te daba dinero y tú hacías de anfitriona para mí. Aparte de eso, podíamos tener sexo por placer. Eso es todo –la taladró con la mirada–. Estoy dispuesto a pasar por alto lo que ha pasado esta mañana y a seguir adelante como si nada hubiera pasado.

–Te alegras de que vivamos juntos, y de que tengamos sexo... Claro. Pero no puede haber emociones estúpidas como el amor, ¿no? –la voz le tembló cuando pronunció la última palabra.

Él arqueó las cejas.

–No te sorprendas tanto. Eso es lo que teníamos acordado –se acercó más a ella–. Hacemos las cosas a mi manera. O lo tomas o lo dejas. Ese es el trato. Siempre lo ha sido.

Leila contuvo el aliento. Sentía una repulsión profunda. ¿Cómo se atrevía a hablarle de tratos después de lo que habían compartido?

Levantó la vista y le miró a los ojos. Su gesto feroz le recordaba a Gamil. ¿Cómo había podido equivocarse tanto? Apenas podía creerlo. Sin embargo, había llegado el momento de que Joss Carmody se mostrara tal y como era en realidad.

Se puso en pie, tirando de la sábana.

–Tú no quieres una esposa –dijo, respirando de manera entrecortada–. Quieres a una mujer que comparta su cuerpo contigo y que no te pida nada excepto dinero –la ira entró en ebullición–. Quieres a una prostituta.

Joss echó hacia atrás la cabeza como si acabara de golpearle, pero no se movió.

–Ya te lo dije al principio, Leila. Nunca quise una esposa de verdad. Nada de emociones, ni hijos, ni complicaciones.

Leila sintió que la cabeza le daba vueltas. Ningún hombre que realmente se preocupara por ella iba a tratarla así.

–Nada de emociones, ni hijos, ni complicaciones –repitió sus palabras en un susurro y entonces esbozó una sonrisa triste–. Qué pena, Joss. Es demasiado tarde.

–Solo porque hayas dicho que...

Leila levantó una mano con firmeza.

–Olvídalo. Hay otras complicaciones –respiró lenta y profundamente–. Esta mañana me enteré de que... estamos esperando un bebé.

Joss se puso pálido como la muerte. Se tambaleó hacia atrás y se apoyó en una pared para recuperar el equilibrio.

—Es mentira.

Leila se tocó el vientre.

—Yo no miento, Joss.

Él abrió la boca como si quisiera decir algo, pero no emitió sonido alguno. Leila esperó. Confiaba en que la tomara en sus brazos, que se disculpara, que le dijera que la amaba. Pero no fue así...

—No te molestes en preguntar. Tanto la madre como el bebé se encuentran sanos —miró al hombre que le había robado el corazón por última vez y salió por la puerta.

Cuando Leila salió de su habitación, horas más tarde, se enteró de que Joss había hecho la maleta y se había marchado. Tenía negocios urgentes que atender en el extranjero, o eso fue lo que le dijo el ama de llaves.

—¿Cuándo vuelve?

—Lo siento, señora —la señora Draycott esquivó su mirada—. Me dio la impresión de que... Quiero decir que... —se alisó la falda—. Creo que va a estar ausente durante una buena temporada.

Leila notó la incomodidad que embargaba a la mujer y un escalofrío le recorrió la espalda. Él se había ido sin mirar atrás, sin darle ni la más mínima disculpa...

Un dolor intenso la atravesó por dentro. Dio media vuelta y regresó a su dormitorio. Tenía planes que hacer.

Capítulo 14

JOSS apagó el motor y miró hacia la casa que estaba al otro lado de la silenciosa calle. Estaba retirada de la vía y parecía sólida y confortable. A lo mejor era por la luz del sol que se reflejaba en sus amplias ventanas, o por la calidez del ladrillo viejo. O quizás se debía a las chimeneas recargadas y a los capullos de rosa que adornaban la entrada... Por muy absurdo que fuera, el ladrillo y la argamasa le daban un encanto especial al lugar. Hacían que pareciera un hogar. Era un lugar cálido y apacible, algo que él nunca había conocido. Era la clase de hogar en el que podía imaginar a Leila viviendo, con su hijo.

Joss contuvo el aliento. Un dolor intenso le quemaba por dentro. No tenía derecho a estar allí. Había renunciado a ese derecho cuando le había dado la espalda a Leila.

El dolor aumentó. Un filo invisible le cortó por dentro. Joss hizo una mueca. No era de extrañar que Leila hubiese escogido algo confortable en vez de decantarse por un apartamento moderno. Recordaba sus revistas de jardinería, los recuerdos que tenía de la infancia, lo importante que era para ella tener un hogar.

Ese sería un verdadero hogar, no porque fuera cálido y sólido, sino porque ella hacía que lo fuera.

Leila, con su calidez, su determinación y su optimismo...

¿Qué derecho tenía a irrumpir en su vida de repente? Ese era su santuario. Se lo merecía después de todo lo que había pasado.

Joss volvió a mirar. De repente las rosas que estaban alrededor de la puerta y a ambos lados del portón de acceso le parecieron centinelas llenos de espinas, decididos a no dejar entrar a los visitantes que no eran bienvenidos. La propia calidez de la vieja casa le recordaba por qué no tenía derecho a estar allí. Lo único que había hecho era hacerla sufrir.

Joss agarró el grueso montón de papeles que estaba sobre el asiento del copiloto. El sobre crujió entre sus dedos. Abrió la puerta del coche y cruzó la calle.

Era lo más difícil que había hecho en toda su vida.

Leila estaba agachada delante del jardín, canturreando y quitando malas hierbas.

Y fue por eso que no oyó nada. No se dio cuenta de que no estaba sola hasta que una enorme sombra tapó el sol y unos pies se detuvieron en el camino de grava.

Una emoción sin nombre la sacudió y una idea peregrina se coló entre sus pensamientos.

No era él. No podía ser él. Habían pasado dos meses... ¿Por qué iba a aparecer en ese momento? Se había ido del apartamento de Joss. Había salido de su vida y no había vuelto a saber nada de él.

Leila tardó un momento en retomar las riendas de sus extraviados pensamientos.

—¿Puedo ayudarle en algo? —levantó la vista.

Era él, con una chaqueta de sport y una camisa blanca.

El corazón le dio un vuelco y la hizo perder el equilibrio. Tuvo que extender la mano para no caerse hacia atrás.

—¡Leila! —Joss se movió rápidamente, pero se detuvo al recordar que no tenía derecho a tocarla.

Leila abrió los ojos. Estaba espectacular, como siempre. La ropa informal le sentaba muy bien y también el pelo largo. A la luz del sol de primavera, era todo lo que había soñado en secreto.

Se puso en pie de golpe y retrocedió un poco.

—¿Te encuentras bien? —le preguntó él.

Leila estuvo a punto de creer que era preocupación lo que oía en su voz.

Él la miró de arriba abajo. Pareció que se fijaba en su vientre abultado.

—Joss. ¿Qué estás haciendo aquí?

Él tragó en seco y apretó los labios, como si no le gustara que le desafiaran.

Leila se quitó los guantes de trabajo y los tiró al suelo. Que la hubiera sorprendido de rodillas en el jardín ya era malo, pero todavía era peor que la tuviera que ver con la ropa de trabajo.

Se había imaginado a sí misma reencontrándose con él en otras circunstancias. En su imaginación era la viva imagen de la sofisticación y la frialdad, pero en la realidad las cosas eran muy distintas. Tenía las mejillas rojas y le costaba respirar.

–Te veo bien.

Ella abrió la boca para decir algo, pero entonces se lo pensó mejor. No quería entrar en el juego de la cordialidad forzosa. Le miró mejor. Parecía cansado. Tenía sombras alrededor de los ojos y sus pómulos estaban más pronunciados que nunca. Era evidente que consagrarse a un imperio empresarial era un trabajo muy exigente.

Al ver que no decía nada, arrugó los párpados, como si quisiera leerle el pensamiento.

–¿No me vas a invitar a entrar? –señaló la casa que tenía detrás.

Leila la había comprado con el dinero que había ganado al firmar ese acuerdo matrimonial que tan importante era para él. Esa casa era su refugio, su esperanza para el futuro.

–¡No!

Su vehemencia le sorprendió. Leila vio cómo arqueaba las cejas. No quería dejarle entrar, no obstante. Iba a ser mucho más difícil sacárselo de la cabeza si le dejaba entrar.

–Eso no es necesario. Podemos hablar aquí –cruzó los brazos y respiró profundamente–. ¿Cómo estás, Leila?

Eso era lo último que ella esperaba oír. Además, su voz tenía ese tono grave que indicaba una emoción muy profunda.

Leila, de brazos cruzados, se clavó los dedos en la piel al abrazarse con tanta fuerza. ¿A quién iba a engañar? Creía que le conocía, pero se había equivocado.

—Estoy bien.

No le preguntó cómo estaba él. Quería convencerse a sí misma de que lo hacía porque no le importaba en lo más mínimo, pero en el fondo sabía que era todo lo contrario. No confiaba en él, pero sus sentimientos aún la sorprendían de vez en cuando.

Y era por eso que tenía que librarse de él lo antes posible.

—¿Y el bebé? —Joss bajó la voz y Leila la sintió por todo el cuerpo, especialmente en el vientre.

Esa vez no pudo evitar el gesto protector. Se llevó la palma de la mano al abdomen, como si quisiera proteger al bebé. La rabia se desbordó dentro de ella. Estaba furiosa con él porque tenía la desfachatez de preguntarle, y también consigo misma por haber albergado alguna vez la esperanza de que pudiera reconocer a su hijo.

Abrió la boca para decirle que no era asunto suyo, pero se detuvo.

—El bebé está bien —respiró profundamente. Una punzada de dolor la atravesó—. ¿Esperabas que fuera un error, o que hubiera tenido un aborto para no tener que preocuparte por las complicaciones? ¿Es eso?

El rostro de Joss perdió todo el color de golpe. Leila solo le había visto palidecer de esa manera una vez, pero no había duda de que su reacción era auténtica.

Una ola de vergüenza la engulló. ¿Cómo había llegado a volverse tan cáustica?

—Lo siento —susurró, abrumada. El maremágnum de emociones cayó sobre ella de repente.

Se tambaleó, echando los hombros hacia delante.

El cansancio contra el que había luchado durante semanas se apoderaba de ella sin remedio. La cabeza comenzó a darle vueltas.

—¿Leila? —esa vez Joss no retrocedió.

Leila sintió su mano sobre el brazo. Su agarre era firme. La sostenía en pie.

—Tienes que sentarte.

Unos ojos del color del crepúsculo la atravesaron, removiendo algo en su pecho. Leila cerró los ojos y apretó los párpados. No quería sucumbir, pero era difícil. Ya empezaba a sentir ese calor que la recorría por dentro cada vez que él estaba cerca.

¿Cómo podía ser tan idiota? No había nada entre ellos, y nunca lo habría. Sin embargo...

—Por aquí —su tono de voz y el tacto de sus manos era cuidadoso.

Leila abrió los ojos y dejó que la guiara hacia un asiento del jardín.

—Lo siento —dijo con un hilo de voz al sentarse.

Se sentía como una anciana, cansada de toda una vida.

—Eso ha estado de más —parpadeó para contener el picor de las lágrimas y se limpió una mancha de tierra que tenía en la camisa.

—Me lo merecía.

Leila levantó la cabeza de repente y se encontró con su mirada. ¿Había oído bien?

—Pero créeme cuando te digo que lo único que quiero es que tanto tú como el bebé estéis bien.

Leila le miró a los ojos y casi se creyó que se preocupaba por ella, pero entonces recordó que él no le había dejado ni la más mínima duda respecto a la relación que quería tener con ella. El corazón se le partió en mil pedazos.

—¿Por qué has venido, Joss?

Él respiró profundamente, como si estuviera a punto de decir algo decisivo. Sin embargo, ninguna palabra salió de su boca. Sus ojos tenían una expresión enigmática, imposible de descifrar. Cerró uno de sus puños.

Si no le hubiera conocido tan bien, Leila hubiera pensado que estaba nervioso.

—¿Por eso? —señaló el sobre grande que tenía en la otra mano.

Había pensado que eran documentos del divorcio.

Estiró el brazo para quitárselo de la mano.

—¿Es para mí?

Él abrió la mano por fin y le entregó el sobre. Leila comenzó a abrirlo con dedos temblorosos. Un frío intenso le recorría la espalda aunque hubiera un sol radiante. Aquello distaba tanto de todo lo que había soñado...

—¿Quieres que te lo envíe cuando lo haya firmado?

Joss parpadeó, frunciendo el ceño.

—Son para ti. Son lecturas para la próxima reunión de la junta.

¿Una reunión de la junta? ¿Se había molestado en ir hasta allí para darle cosas que leer para una reunión? El corazón de Leila comenzó a latir sin ton ni son.

Nada de lo que estaba ocurriendo tenía sentido.

—¿Joss? ¿Por qué has venido? Alguno de tus empleados podría haberme hecho llegar los documentos.

Él la taladró con la mirada.

–Tenía que verte. Tenía que asegurarme de que estabas bien.

–¿Por qué? No quieres complicaciones, ¿no? –las palabras de Leila estaban teñidas de cansancio, más que de amargura. Ya había sufrido bastante.

Apartó la mirada. Necesitaba estar sola y no quería verle nunca más. A lo mejor así lograba convencerse de que todo iba a salir bien. De repente él se arrodilló frente a ella y tomó su mano. Ella trató de retroceder, pero la sujetaba con mucha fuerza. Además, una parte de ella quería sentir su caricia cálida. Esa iba a ser la última vez que iba a sentir sus manos.

–Porque lo pasaste muy mal. Porque cuando logré dejar a un lado mi soberbia y mis miedos, me di cuenta de lo cruel que había sido.

–Ya te lo dije. Estoy bien –le dijo Leila. Sin embargo, no era capaz de soltar las manos. Se mordió el labio. Odiaba sentirse tan débil.

Él sacudió la cabeza lentamente.

–No. No lo estás. Y es mi culpa –señaló el sobre que había puesto junto a ella–. Los papeles eran una excusa. Necesitaba verte para disculparme –respiró profundamente–. Me comporté como un idiota, como un completo estúpido. Me merezco que me odies, pero tenía que ver si podía hacer algo, para facilitar las cosas.

–¿Facilitar las cosas? –Leila sentía la voz áspera mientras trataba de procesar sus palabras.

–Yo... te importo, Leila. Pero yo desprecié ese cariño como si no fuera nada –sacudió la cabeza–. No debería haberla tomado contigo por culpa de mis miedos. Sé que no puedo arreglar las cosas, pero quería disculparme y...

–¿Qué miedos? No lo entiendo... ¿Joss?

Joss hizo una mueca que bien podría haber pasado por una sonrisa si Leila no hubiera visto agonía en sus ojos.

–Estaba asustado. Aterrado.

Hablaba en un tono muy bajo y Leila tuvo que acercarse para poder oírle.

–Y todavía lo estoy. Por eso la tomé contigo.

–Háblame claro –Leila trató de soltarse. ¿Sería todo un plan para engatusarla?

Joss le soltó una de las manos, pero puso la otra sobre su propio pecho. Su corazón latía muy rápido.

–Te dije que lo de las emociones no es para mí, pero en realidad es que no soy capaz de tenerlas.

Leila quiso decir algo, pero al ver su rostro desencajado cambió de opinión.

–Nunca he tenido amor –no la estaba mirando en ese momento. Miraba a lo lejos, hacia un punto indeterminado–. No es una excusa, sino una explicación. Cada vez que alguien me decía que me quería, me hacía daño, pero yo aprendí a protegerme. Me endurecí para que ya no pudieran hacerlo más. Mis padres decían que me querían, pero lo único que les preocupaba era su propio ego. El amor era un arma para el chantaje. Nos usaban para jugar a sus sórdidos juegos. Durante toda mi vida, cada vez que alguien decía quererme, solo lo hacía para conseguir algo. Incluso mi hermana... –respiró profundamente antes de seguir adelante–. Yo la quería, pero no fui capaz de protegerla y cuando se fue me di cuenta de que no me quería lo bastante como para quedarse.

Leila movió la mano, tratando de soltarse.

–Lo sé. Fui tan egoísta como mis padres. Era un niño y no sabía qué hacer. Pero en el fondo sabía que no estaba hecho para el amor. No inspiro sentimientos profundos en nadie. Y a medida que pasaban los años me di cuenta de que tampoco era capaz de amar a nadie. No tenía esa habilidad.

–Joss, eso es absurdo.

–Es cierto. Me acostumbré a usar a la gente y a que me usaran. La vida no era más que un regateo constante. Obtenías sexo a cambio de unas cuantas baratijas... Lo más cerca que estuve del amor como adulto fue cuando una chica dijo que me quería con la esperanza de sanear su economía de forma permanente.

–¡Eso es horrible!

Él se encogió de hombros.

–Es lo que esperaba... hasta que llegaste tú.

Joss le acarició el dorso de la mano con la yema del pulgar. Leila quería quitar la mano de su pecho, pero su cuerpo no la obedecía. No podía hacerlo.

–Contigo sentía... cosas que jamás había experimentado. Cuando me dijiste que me querías, yo quería creer que era verdad desesperadamente. Pero no me atrevía a creerlo –sacudió la cabeza–. Fue más fácil creer que estabas equivocada, o que mentías.

–Oh, Joss –el corazón de Leila dio un vuelco. Podía sentir su dolor.

De repente se sintió terriblemente culpable. Debería haberse esforzado más para convencerle de lo contrario.

–No busco compasión. Solo necesito explicar por qué la tomé contigo, y disculparme.

–Ya lo has hecho.

Él se sorprendió.

–No es suficiente.

–No. No lo es.

–Hablas como si hubiera un muro a tu alrededor que te separara del amor. Lo único que tienes que hacer es confiar en tus sentimientos.

Joss vaciló.

–Ahora veo que eso es posible, en teoría.

Al ver la mirada de desconcierto de Leila, siguió adelante.

–Cuando te fuiste, no pude trabajar más. Mi cabeza no funcionaba. No era capaz de concentrarme con nada. Quería... No podía tener lo que quería, así que busqué otra cosa en lo que emplear el tiempo. Me dediqué a averiguar qué había hecho mi hermana antes de morir. Pensé que encontrar su tumba podría ayudarme a dejar atrás el pasado.

Leila quería preguntarle qué era lo que quería, pero él siguió adelante.

–Al final la encontré –una emoción intensa brilló en sus ojos–. No murió a los quince años, como me dijeron. Simplemente desapareció.

Al verla contener el aliento, asintió.

–Supongo que me dijeron que había muerto para que no preguntara más. No hacía más que preguntar por ella –Joss se frotó la mandíbula con la mano–. Mis detectives han pasado semanas trabajando.

–¿La encontraste?

–Sí –dijo él, sonriendo–. Está viva. Vive en Yorkshire con su marido granjero y sus tres hijos.

–¿Y nunca se le ocurrió contactar contigo?

La sonrisa de Joss se apagó.

–Al parecer lo intentó una vez, unos pocos años después de irse. Estaba viviendo en la calle y nuestra madre le dijo que no podía volver a nuestras vidas hasta que hubiera resuelto su situación. Le dijeron que yo no la quería ver, que para mí estaba muerta y que era mejor así.

–Eso es muy triste –Leila estiró la mano y le apartó el pelo de la cara.

–Ya te lo advertí. Mi madre era horrible –Joss capturó su mano–. Pero ella ya no está y Joanna está feliz. Nunca la vi tan feliz. Es la prueba viviente de que estaba equivocado. Nuestra familia sí puede encontrar el amor –los ojos le brillaron.

–¿Pensaste que era una maldición de la familia?

–Sí. Creí que era lo más probable, teniendo en cuenta mis experiencias.

–Joss Carmody, para ser un hombre tan inteligente, a veces te comportas como un completo idiota.

Él asintió y la atrajo hacia sí.

–Lo sé. He sido un tonto en muchos sentidos. O peor... He sido un cobarde. Quería tu amor, pero tenía demasiado miedo de que me hicieran daño.

El corazón de Leila dio un salto.

–¿Qué me estás diciendo, Joss?

–Yo... me enamoré de ti, Leila –le dijo, apretando sus manos–. Sé que es demasiado tarde, que he destruido lo que sentías, pero tenía que decírtelo. Y tenía que decirte que estoy aquí, por si me necesitas, si cualquiera de los dos me necesita, o tú o el bebé.

Para Leila, el mundo dejó de girar un instante. Incluso las nubes dejaron de moverse. El sonido del motor de un coche lejano se desvanecía en la distancia.

¿Podía ser cierto? Leila quería creerlo con todo su ser.

—¿Cuándo te enamoraste, Joss?

—No lo sé. Fue poco a poco. Cuando me besaste en el ascensor aquel día, creí que había muerto y que estaba en el cielo.

Leila recordó la pasión de aquel primer beso.

—Cuando me hiciste frente, cuando intentaba imponer mi voluntad, cuando me enteré de todo lo que habías pasado con Gamil, cuando supe lo valiente que habías sido...

Leila sacudió la cabeza.

—No fui valiente. Yo...

Joss le puso un dedo sobre los labios para detenerla. Sabían a sal.

—Cuando condujiste mi coche aquel día sin tener ningún accidente.

—¡Cómo eres!

Joss se encogió de hombros y esbozó una sonrisa que iluminaba el día.

—Bueno, demándame —su sonrisa desapareció—. Te mereces saberlo, Leila. Tenía que disculparme y decirte cómo me siento.

Ella le miró a la cara y entonces sintió esa impaciencia que ya le resultaba tan familiar.

—¿Y eso es todo?

Joss parecía verdaderamente perplejo.

La rabia que Leila sentía comenzó a remitir poco a poco. Joss no tenía experiencia con el amor. Eso no era una mentira.

Leila se puso en pie y dio unos pasos.

—Aunque me encante tenerte ahí arrodillado, disculpándote, prefiero a un hombre que sepa hacerse valer y defenderse a sí mismo.

Joss se puso en pie.

—Quiero a un hombre que me crea cuando le digo que estoy enamorada y que no piense que eso va a cambiar por unas cuantas palabras bruscas o por un malentendido, por muy grande que sea —Leila arqueó las cejas—. Quiero a un hombre que entienda que, cuando yo quiero a alguien, eso no es negociable, que no se puede tomar a la ligera o fingir que no existe.

—Entiendo.

—Y también necesito a un hombre que ame así, no un amante de conveniencia que solo esté ahí en los buenos momentos.

—Alguien que esté ahí para lo bueno y para lo malo —Joss asintió con la cabeza y dio un paso hacia ella, impidiéndole la salida.

—Eso es —Leila tragó en seco. Había un nuevo brillo en los ojos de Joss que no pasaba desapercibido—. Quiero a un hombre que esté conmigo y con el niño para siempre.

Las palabras de Joss se quedaron en el aire, como una cuerda frágil extendida sobre un abismo.

Leila levantó la barbilla.

—Mi hija merece a un padre que la quiera y que la apoye siempre.

—¿Hija? —Joss se acercó.

Su calor la envolvía.

—O hijo.

—O los dos —susurró Joss, deslizando las yemas de

los dedos a lo largo de su mandíbula y después por su cuello.

Leila se estremeció bajo su caricia.

–Oh –exclamó.

Él bajó la cabeza hacia ella, pero se detuvo a un milímetro de su boca. La esperanza y el miedo batallaban en su interior.

–Leila Carmody, ¿puedes perdonarme por haber sido tan idiota y por haberte hecho tanto daño?

–Sí –dijo ella.

Joss cerró los ojos un instante y soltó el aliento, como si sintiera un gran alivio. El hombre del que se había enamorado no era un espejismo.

–¿Seguirás siendo mi esposa, el amor de mi vida, para siempre?

Leila no fue capaz de decir nada. Las emociones la embargaban.

–¿Me concedes el honor de amarte, de honrarte y de serte fiel para siempre? ¿Me ayudas a ser un buen padre, la clase de padre que siempre quise tener?

Leila le apretó el brazo.

–Serás un padre excelente.

–¿Eso significa que lo vas a hacer? –la voz de Joss sonaba insegura.

–Creo que sí –dijo Leila, con el corazón fuera de control.

–¿Crees que sí? –Joss arqueó una ceja.

–Supongo que podrías llegar a convencerme.

–¿Podría? –Joss la tomó en brazos con un movimiento rápido–. No te voy a dejar ir hasta que me digas que sí.

Leila quería quedarse en sus brazos para siempre.

—Ya veo que lo tuyo no es la humildad.

La sonrisa de Joss le llenó el alma.

—Nunca me ha quedado bien la humildad. De todos modos, creí que querías a un hombre valiente, capaz de defenderse a sí mismo.

Leila sonrió. Era un alivio ver que el Joss de siempre había vuelto.

—En serio, Leila. ¿Estás segura? No se trata solo del bebé. Yo estaré ahí para el niño estemos juntos o no.

Leila le dio un pequeño puñetazo en el brazo.

—No me cabe ni la más mínima duda, señor Carmody. Somos un pack inseparable. O lo toma o lo deja.

—Oh, muy bien. Lo tomo, señora Carmody. Créame. Lo tomo.

Su beso fue rápido y poderoso, tanto así que la pilló desprevenida. Pero Leila no tuvo tiempo de quejarse porque él echó a andar hacia la puerta de entrada y la abrió con el hombro.

Habían llegado a casa.

Acepte 2 de nuestras mejores novelas de amor GRATIS

¡Y reciba un regalo sorpresa!

Oferta especial de tiempo limitado

Rellene el cupón y envíelo a

Harlequin Reader Service®
3010 Walden Ave.
P.O. Box 1867
Buffalo, N.Y. 14240-1867

¡Sí! Por favor, envíenme 2 novelas de amor de Harlequin (1 Bianca® y 1 Deseo®) gratis, más el regalo sorpresa. Luego remítanme 4 novelas nuevas todos los meses, las cuales recibiré mucho antes de que aparezcan en librerías, y factúrenme al bajo precio de $3,24 cada una, más $0,25 por envío e impuesto de ventas, si corresponde*. Este es el precio total, y es un ahorro de casi el 20% sobre el precio de portada. !Una oferta excelente! Entiendo que el hecho de aceptar estos libros y el regalo no me obliga en forma alguna a la compra de libros adicionales. Y también que puedo devolver cualquier envío y cancelar en cualquier momento. Aún si decido no comprar ningún otro libro de Harlequin, los 2 libros gratis y el regalo sorpresa son míos para siempre.

416 LBN DU7N

Nombre y apellido	(Por favor, letra de molde)
Dirección	Apartamento No.
Ciudad	Estado	Zona postal

Esta oferta se limita a un pedido por hogar y no está disponible para los subscriptores actuales de Deseo® y Bianca®.
*Los términos y precios quedan sujetos a cambios sin aviso previo.
Impuestos de ventas aplican en N.Y.

SPN-03   ©2003 Harlequin Enterprises Limited

ENTRE EL RECELO Y EL DESEO

ANN MAJOR

Michael North sabía que Bree Oliver era una cazafortunas en busca del dinero de su hermano, así que decidió seducirla, diciéndose que después la dejaría marchar. Sin embargo, tras un trágico accidente, tuvo que protegerla para cumplir la promesa que le había hecho a su hermano en el lecho de muerte.

Cuidando de Bree, Michael se vio obligado a poner a prueba su autocontrol. ¿Era ella tan inocente como proclamaba? ¿O él era tan ingenuo como para creerla? Dividido entre el deseo y la desconfianza, Michael no era consciente del asombroso secreto que ella ocultaba.

Casi consiguió que él creyera que era inocente

Bianca.

El sultán siempre conseguía lo que quería

Catrin Thomas era una chica normal de un pueblo de Gales que se vio envuelta en una tórrida aventura amorosa con el sexy Murat, un sultán del desierto. Cuando descubrió que en su país natal le estaban preparando ya a unas cuantas jóvenes vírgenes para que eligiera a su futura esposa, Catrin decidió cortar su relación.

Murat no estaba acostumbrado a que nadie lo desafiara y no iba a dejar que Catrin se fuera.

Pero descubrió que Catrin no era tan dulce ni tan dócil como se había mostrado durante su relación. ¡Era una mujer formidable! Además de inteligente, luchadora y muy tentadora…

HARLEQUIN *Bianca*

SHARON KENDRICK
Seducida por el sultán

Seducida por el sultán

Sharon Kendrick

¡YA EN TU PUNTO DE VENTA!